Otto Titan von Hefner

Grund-Saeze der Wappenkunst

Anatiposi

Otto Titan von Hefner

Grund-Saeze der Wappenkunst

Unveränderter Nachdruck der Originalausgabe von 1855.

1. Auflage 2023 | ISBN: 978-3-38201-788-0

Anatiposi Verlag ist ein Imprint der Outlook Verlagsgesellschaft mbH.

Verlag: Outlook Verlag GmbH, Zeilweg 44, 60439 Frankfurt, Deutschland
Vertretungsberechtigt: E. Roepke, Zeilweg 44, 60439 Frankfurt, Deutschland
Druck: Books on Demand GmbH, In de Tarpen 42, 22848 Norderstedt, Deutschland

Grund-Saeze

der

WAPPENKUNST.

Für die Leser seines Wappenwerkes besonders geschrieben

von

Otto Titan von Hefner.

Nürnberg,

Verlag von Bauer & Raspe.

1855.

Druck der Sebald'schen Officin in Nürnberg.

Vorwort.

Durch vielseitige Anfrage und Aufforderung von Seite der Freunde
meines Wappenwerkes veranlasst, habe ich mich entschlossen die
nachfolgenden Blätter zu schreiben, und sie in der Weise einer Lie-
ferung in die Hände der Leser gelangen zu lassen. Diese Blätter
enthalten in skizzenhafter Behandlung Wort und Bild einer Heraldik,
wie ich sie als die allein richtige und wahre vor Augen habe, und so
wie ich sie zur Grundlage bei der Bearbeitung meines Wappenwerkes
gemacht habe und erhalten wissen will. Die Zeichnungen sind nach
den besten Mustern von mir gefertigt und ich hoffe, dass auf den
Grund derselben auch die Zeichnungen im Gesammtwerke an ächt heraldischem Style gewinnen werden. Mit der Versicherung, dass ich bei
Abfassung dieser „Grundsäze" der Wappenkunst nur die Wissenschaft und Kunst im Auge gehabt habe, lege ich auch von vorne
herein Verwahrung gegen jedwede Zumuthung von persönlicher Auffassung ein; ich habe den Stoff wie auch bisher das ganze Wappenwerk mit strenger Unpartheilichkeit behandelt (ein Beweis hiefür
wird der Leser bei der Kritisirung meines eigenen Geschlechtswap-

pens gefunden haben) und werde auch in dieser Art fortfahren, weil ich dadurch sowohl der Wissenschaft als den einzelnen betreffenden Wappenherrn mehr zu näzen glaube, als durch unzeitiges Loben oder Schmeicheln. Jede freundliche Berichtigung werde ich auf brieflichem Wege mit Vergnügen annehmen und berücksichtigen, dagegen wie bisher fortfahren gehässige oder entstellende Kritiken mit Stillschweigen zu übergehen.

Nürnberg, den 11. August 1855.

von Hefner.

I. Eingang.

Wie lange Zeit verflossen ist, seitdem der lezte Edelmann Helm und Kleinod zur Schau aufgetragen und der lezte Herold die Gültigkeit eines adelichen Schildes geprobt hat, das mag mit Sicherheit wohl Niemand bestimmen; es muss aber lange, lange her sein, weil die Welt kaum eine Vorstellung noch weniger den richtigen Begriff von Helm und Kleinod, von Schild und Herolden, ja ich möchte sagen, von Wappen und Wappenkunst hat. Wohl gibt es seit vierhundert Jahren und noch heutzutage Wappen, Herolde und Heraldiker, aber du lieber Himmel wer sollte, ausser dem Namen in ihnen noch eine Aehnlichkeit mit ihren Vorbildern finden.

Seitdem die „Wissenschaft" sich dieses Stoffes bemächtigt hat, ihn ausschliesslich zur Wissenschaft gestempelt hat, seitdem ist der Geist aus ihm gewichen, denn wer sollte in dieser theoretischen Säze-Macherei, in diesem Hin- und Herwerfen einiger hergebrachter Ausdrücke, in diesem saftlosen Wiederkauen dessen was der Vormann schon gekaut hatte, in dieser kritiklosen, oberflächlichen Verarbeitung unserer heutigen Heraldik, wer sollte endlich in diesen verstand- und geschmacklosen After-Geburten unserer Herolde die alte adeliche Wappenkunst wiederfinden, die uns unsere Voreltern in so einfachen und doch kräftigen Zügen vorgezeichnet haben?

Wie es mit der Heraldik heutzutage steht und stehen kann, das lässt sich am sichersten daraus deduziren, dass wir die Arbeiter und ihre Arbeit betrachten.

Unsere jezigen Heraldiker zerfallen in drei Klassen:

in die Heraldiker „von der alten Schule",

in die Dilettanten und Jokei-Club-Heraldiker und

in die Herolde.

1) Die Heraldiker „von der alten Schule" sind Schüler, Anhänger und Nachbeter unserer heraldischen Heiligen Spener, Gatterer, Schmeizel, Reinhardt, Rudolphi etc. Sie kennen deren Werke auswendig und halten den Inhalt derselben, so wie Alles was etwa in Diplomen geschrieben oder gezeichnet ist für unbedingt wahr und richtig. Diese Heraldiker sind von allen die achtbarsten und ehrenwerthesten; ihr einziger Fehler ist der, dass sie auf einer falschen Basis stehen und bauen, und diess nicht eingestehen wollen.

Unsere Heiligen in der Heraldik, ich will sie kurzweg Gatterer & Compagnie nennen, sind zu einer Zeit aufgetreten, in denen die natürliche, d. h. wirkliche praktische Wappenkunst längst ausser Kurs und vergessen war. Ihre Produkte tragen im Ganzen wie im Einzelnen das ausgeprägteste Merkmal dieser Zeitverhältnisse. Mit ungeheurem Fleiss und Liebe zur Sache stellten Gatterer & Comp. Forschungen in der römischen und griechischen Geschichte an, verstiegen sich zu den Egiptern, Assiriern und selbst in die Bücher Mosis, um den Anfang und die ersten Beispiele

1

der Wappen etc. herauszumartern, aber für ihre nächste Nähe, für das was ihr Vaterland, ja oft sogar ihre unmittelbare Umgebung ihnen bot, waren sie unempfänglich oder blind. Nur dieser verrückte Standpunkt konnte auch so verrückte Ideen und Definitionen in der Heraldik hervorrufen wie sie Gatterer & Comp. in ihren dickleibigen Büchern aufgestellt und uns überliefert haben. Von Anschauen und Kenntniss, wohl gar von Studium der Originale war keine Rede, ihre Weisheit suchten und fanden sie wieder in Büchern und ich habe die feste Ueberzeugung, dass von unseren Heiligen in der Heraldik kaum einer einmal einen wirklichen Schild, einen wirklichen Helm mit Kleinod gesehen hat, ja sogar, dass die Allermeisten unter ihnen solche Dinge gar nicht gekannt, gewerthet und geschätzt, *) sondern gegebenen Falles vielleicht selbst mitgeholfen haben, derlei altes Gerumpel in den Ofen oder in die Schmiede zu expediren! Diese Ueberzeugung muss jedem unwillkührlich beikommen, wenn er die Ansichten z. B. über Entstehung der Helmdecken, über die Schildformen oder die Zeichnungen der Helme und übrigen Wappen-Stücke in ihren Werken genauer besieht und betrachtet.

Beispiele und Beweise werden in den nachfolgenden Kapiteln hinlänglich viele beigebracht werden; ich hätte aber weit mehrere anführen können, wenn ich, was ausser meiner Absicht lag, eine Kritik der Herrn Gatterer & Comp. hätte schreiben wollen.

Wenn ich aber hier und in den folgenden Kapiteln meine Ueberzeugung dahin abgegeben habe, dass unsere Heiligen und ihre Nachbeter ab initio von einem falschen Standpunkt ausgingen und desshalb auch ihre Schlüsse und Sätze unrichtig sein mussten, so werden meine Leser auch verlangen, dass ich ihnen zum Gegenhalt den richtigen Standpunkt anzeige, von dem aus die gesammte Heraldik betrachtet werden soll und kann.

Der wahre Ausgangspunkt und die richtige Grundlage einer Heraldik muss die alte, ächte, die natürliche Wappenkunst sein. Ich wende den allgemein gültigen Erfahrungssaz, dass eine Kunst dort und dann auf ihrer höchsten Stufe der Ausbildung stehe, wo sie nicht von Einzelnen, sondern von der grossen Mehrheit erfasst und geübt wird, wo sie zum Wesen und Bedürfniss dieser Mehrheit gehört, ich wende diesen Erfahrungssatz auf die Heraldik an und sage:

In der Zeit da die Wappenkunst eine wirkliche ins Leben eingreifende und zum Bedürfniss gewordene Kunst war, in dieser Zeit hatte sie ihre höchste Ausbildung erlangt.

Diese Zeit war das XII—XVI. Jahrhundert; der Gipfelpunkt aber und der höchste Stand der natürlichen, alten Wappenkunst war, wie ich weiter unten zeigen werde, das XV. Jahrhundert.

Von diesem Erfahrungssatze muss der wahre Heraldiker ausgehen, und gerade von diesem gingen unsere Heiligen und gehen ihre Anhänger nicht aus.

In den Originalien der guten alten heraldischen Zeit müssen wir unsere Quellen suchen, aus diesen Vorbildern, müssen wir unsere Regeln, unsere Sätze herausfinden, nicht aus den Büchern und Diplomen, aus den Mustern, welche uns eine Zeit geliefert hat, die selbst schon keinen richtigen Begriff von dem mehr hatte, was Wappen und Wappenkunst heisse. So lange wir nicht anfangen mit unermüdetem Eifer und möglichster Vielseitigkeit uns dem Aufsuchen und dem Verständniss desjenigen zu widmen, das allein uns das Material zum Baue einer richtigen Heraldik liefern kann, so lange wir nicht die Originale studiren und uns durch Kenntniss der alten Waffen, Trachten und Geräthschaften sowie der Sitten und Gebräuche eine Grundlage bilden, so lange können

---

*) Schmeizel sagt in diesem Betreff sehr aufrichtig und naiv unter andern: Was die Beschaffenheit derer Helme betrifft, so bleibe ich unbekümmert um alle die Arten derer Helme, welche im Kriege die Soldaten, Officiers und Gemeinen zu Pferd und zu Fuss und in Turnieren die Ritter vom ersten und anderen Rang gebraucht haben, und wie dieselben auf sehr unterschiedliche Art gemacht gewesen. Und halt ich es also vor eine überflüssige ja unnöthige Arbeit, etc. solche Dinge gehören in ein Buch da man de militia veterum de ludis equestribus handeln will und nicht in ein Wappenbuch. — —

wir troz aller Siegel und Denkmäler, auch nicht Wappen und Wappenkunst verstehen und erfassen, und werden troz unserer Weisheit noch tausendmal unwissender bleiben als der einfachste Adelknecht vor vierhundert Jahren in Wappensachen immer sein konnte!

Diess ist der Standpunkt auf den ich mich gestellt habe, und von diesem aus will ich auch meine Ansichten und Säze betrachtet und beurtheilt wissen.

Ich kenne die Werke und Ansichten von Gatterer & Comp., so wie von ihren Anhängern , sehr wohl, sie waren auch die Lehrer durch die ich in die Heraldik eingeführt worden, auch ich habe einst auf dieser Meister Worte geschworen, und sie sollen es mir nicht zum Undank rechnen, wenn ich jezt anderer Ueberzeugung geworden bin. Ich habe ohne ihr Zuthun und bloss durch die Wege die ich mir selbst gebahnt, eine verschiedene Richtung zu verfolgen begonnen und bin jezt auf einem Standpunkt angelangt von dem aus ich die ganze Wappenkunst und Wappenwissenschaft anders sehe, als früher. Ich habe einen Rückschritt und einen Fortschritt zu gleicher Zeit gemacht. So paradox diess scheinen möchte, es ist doch richtig: Ich habe einen Rückschritt gethan dadurch, dass ich mich mit Eifer und Studium in die alte Wappenkunst hineinzufinden suchte, wie sie vor vier und siebenhundert Jahren schuf und wirkte; ich halte es aber auch für einen Fortschritt, wenn ich längstvergessene Wahrheiten wieder ans Licht ziehe und dadurch Missbräuche und den vielen Unsinn unserer neueren Heraldik zu zeigen und zu verwerfen im Stande bln, wenn ich durch einen solchen Rückschritt den ersten Schritt vorwärts thue die alte ächte Wappenkunst wieder zu Ehren zu bringen!

Wenn nun, wie schon erwähnt, bei genauerem Eingehen in die Werke Gatterers & Comp., sowie in die deren Anhänger gerade die Unkenntniss, die absichtliche Vernachlässigung der Grundprinzipien einer wahren Heraldik klar hervortritt, so darf uns auch die sichtbare Aengstlichkeit nicht mehr befremdend erscheinen, mit der diese Männer an jedem noch so unbedeutenden Dinge festhalten, wenn es einmal da ist. Wie es hereingekommen ist, und ob mit Recht, darüber untersuchen sie selten, und wenn es geschieht so versteigen sie sich dabei doch nie so weit, dass sie nicht mit dem nächsten Sprunge wieder den Zopf des alten Gatterer erfassen und sich daran halten könnten. Gerade an dieser Aengstlichkeit, die man nur zu gern mit dem Namen „diplomatische Genauigkeit" beehrt, kann man deutlich genug erkennen, dass die Heraldiker „von der alten Schule" sich ihrer Sache noch nicht so sehr bewusst sind, dass sie es zu versuchen wagten einen eigenen Weg allein und ohne ihren Heiligen an der Hand zu gehen.

Diese Aengstlichkeit nur trägt heutzutage das Meiste dazu bei, die Begriffe in der Heraldik verwirrt zu erhalten oder noch mehr zu verwirren, sie weiss Form und Wesen, Nebensache und Hauptsache nicht auseinander zu finden; sie ist der eigentliche Kamaschen-Knopf unserer neueren Heraldik. —

Die Unkenntniss alter Originalien also zusammen mit der Aengstlichkeit die durch die Abwesenheit einer solchen haltbaren Basis, verbunden ist, bilden die Karakteristik unserer Heiligen in der Heraldik und ihrer Anhänger „von der alten Schule." —

2) Die Dilettanten oder Pfuscher in der Heraldik, deren im jezigen Jahrhundert, Duzende wie die Pilze über Nacht wachsen, haben von der wissenschaftlichen Bildung der alten Heraldiker, so wie von einer Basis überhaupt selten eine Idee, viel weniger einen ordentlichen Begriff. Ihr karakteristisches Merkmal ist das aller Dilettanten oder Pfuscher möglichst viel „Grossthun" bei möglichst wenigem „Wissen." Wenn einer von dieser Klasse den Tyroff besizt, den Spener oder Rudolphi gesehen, wohl gar einmal den Andreä gelesen oder im Sinne hatte sich eine Siegelsammlung zu kaufen, so hält er sich unfehlbar berechtigt bei jeder Gelegenheit seinen heraldischen Senf dareinzugeben und prätendirt, dann für einen „Kenner der Heraldik" respektirt zu werden, kritisirt und schreibt wohl auch selbst, wenn es geht, eine heraldische Abhandlung. Zu dieser Klasse gehören ausser vielen Literaten u. dgl. auch die meisten unserer Cavaliers, die, weil sie selbst Wappenherrn sind natürlich 'n Wappensachen auch darein reden zu müssen glauben. Ihre Heraldik ist nicht theoretisch begründet, aber auch nicht praktisch gebildet, sie versteigt sich nicht weiter als auf modische Nachäffungen englischer oder französischer Muster, auf Flaggen, Siegeln und Kutschen-

4

schlägen. Diese Unterabtheilung der heraldischen Pfuscher sind die eigentlichen **Jokei-Club-Heraldiker.**

3) Die **Herolde** oder Vorsteher von Heroldenämtern. Diese werden, nach neuerer Praxis nicht aus Heraldikern, sondern aus Männern rekrutirt deren frühere Stellung in irgend einem Ministerium nur der Rangklasse, nicht aber der heraldischen Kenntnisse halber, zu einem solchen Posten qualifizirt. Wenn in alten Zeiten sieben Persevanten-Jahre nothwendig waren um Herold werden zu können, so kann man heutzutage Herold werden ohne zu wissen was Persevant war. Dass unter solchen Umständen ein Verständniss von Wappen und Wappenrechten bei den Heroldenämtern Plaz greifen sollte, ist kaum denkbar; es kann Jemand begreiflicher Weise ein sehr geschickter „Geheim-Sekretär" oder „Ministerial-Rath" sein, ohne desswegen auch nur eine Spur von heraldischem Wissen in sich zu tragen. Nichtsdestoweniger aber scheint in solchen Fällen mit dem Amte auch selbstverständlich sich zugleich das Wissen einstellen zu müssen, denn anders lässt sich die prätensiöse Sicherheit dieser Herrn wohl nicht erklären. Ich habe von Herolden und Heroldenämtern noch weit auffallendere Beispiele heraldischer Unwissenheit gehört und erfahren als je von einem Heraldiker denkbar wären, und werde auch in den nachfolgenden Kapiteln ein paar Proben mittheilen. Wäre aber auch das nicht der Fall gewesen, so hätten mich und alle Unbefangenen die Produkte unserer Herolde allein schon überzeugen können, wie es sich in solchen „heiligen Hallen" mit dem eigentlichen heraldischen Wissen zu verhalten pflegt.

Man sehe ihre **Produkte!** Man betrachte die **Formen** der Wappen die von ihnen ertheilt werden, man betrachte ihre sogenannten „**Verbesserungen**", so wird man für zehn Mahlzeiten schon genug haben, geht man aber erst auf das **Wesen** dieser Wappen ein, auf dieses nothdürftige Vegetiren, das sich von den Ueberbleibseln der Produkte früherer Jahrhunderte ernährt, ja selbst sich nicht scheut alte Wappen mit unbedeutenden Aenderungen oft ganz dieselben an neu-geadelte Geschlechter zu verleihen, ohne den mindesten Hinterhalt historischer Begründung, als bloss die Aehnlichkeit des Namens (Beispiele hiefür könnte ich ein Duzend sogleich anführen) — betrachtet man weiter die Armseligkeit ihrer eigentlichen „erfundenen" Wappen, die sich, wenn nicht als ausgemacht misslungene **Rebus** (Namen-Wappen), doch gewiss als heraldische **Missgeburten** vor die Augen stellen — liest man endlich ihre **Blasonirung**, so wird man unumstösslich auf die Ueberzeugung kommen, dass gerade da wo vernünftigerweise die reinste, höchste und gediegenste Kenntniss der Heraldik zu Hause sein sollte, dass gerade in den Heroldenämtern die krasseste Unwissenheit in dieser Beziehung herrscht! Das also sind unsere Heraldiker das sind „der letzten Tage Heilige"! — —

Betrachtungen wie die vorhergehenden scheinen allerdings im Stande zu sein, uns gegründete Zweifel über das Leben und die Lebensfähigkeit der Heraldik beizubringen, aber diese Zweifel werden nur in der neueren jezigen Heraldik eine Begründung finden, die moderne Heraldik wird und muss zu Grunde gehen, denn sie birgt unter ihrer glänzenden Schale einen faulen Kern. Unsere Zeit die selbst der Wissenschaft dieser altprivilegirten Zopfmatrone zu Leibe geht, sie duldet vor allen an der Kunst keinen Zopf, und Kunst ist die Heraldik so gut als die Malerei und Plastik. Die Künstler und nicht die Gelehrten haben die Wappen geschaffen und Künstler, nicht Gelehrte, haben uns die herrlichsten Beispiele, die gediegensten Vorbilder und Muster von Wappen überliefert. In diesen Vorbildern steht ohne Worte die Geschichte, das Wesen der ganzen Heraldik und wir haben nichts zu thun, als, indem wir die Scharteken der heiligen Heraldiker sammt den Machwerken ihrer Anhänger bei Seite werfen, aus diesen Mustern und Beispielen uns die Wahrheiten zu abstrahiren, in Worten auszudrücken, um die ächte Wappenkunst verstehen zu lernen, um Regeln zu finden und aufzustellen, wie Wappen sein sollen und wie sie nicht sein sollen oder dürfen.

Ich stelle daher unbedingt den Saz auf, dass wie einst, so auch jezt noch **jeder** Heraldiker, der den Namen verdienen will, auch **praktisch** sei, d. h. durch die **Gabe der Kunst** das nachzuahmen oder wiederzugeben verstehe was die verschiedenen Zeiten der alten ächten Wappenkunst uns vorgezeichnet haben — ohne das keine Heraldik, keine Wappenkunst!

Ich will aber umgekehrt nicht gesagt haben, dass man ohne, das Wissen in der Heraldik mit Kunst allein durchzukommen vermöge. Eines muss mit dem andern Hand in Hand gehen, darum sollten auch unsere heraldischen Künstler, die Siegelstecher, Wappenzeichner, Maler, Bildhauer und Steinmetzen sich neben den Formen das Wesen anzueignen suchen, wenn sie nicht in ihren Produkten dieselbe Halbheit zur Schau tragen wollen, die unsere Stuben-Gelehrten in der Heraldik bisher in ihren Werken an's klare Licht der Sonne stellten. Eine heraldische Phrase, eine Blasonirung destillirt an der Sonne nicht zum Wappen, und eine unheraldische Auffassung wird durch den Stein allein nicht heraldisch. — —

II. Ursprung und Wesen der Wappen.

Wappen sind ein Ausfluss und Produkt des christlichen Mittelalters. Wenn man, wie so viele Heraldiker thun, jeden Adler, jeden Pfeilbündel, jeden Thurm oder dergleichen Bilder auf Schilden, Münzen und Feldzeichen für ein Wappen erklärt, dann haben freilich die Juden, Perser, Araber und Römer, die Gallier und Germanen schon Wappen gehabt, und dann lässt es sich möglicher Weise auch denken, dass man eine „Heraldik der Griechen und Römer" schreiben konnte. — Wer jedoch die Begriffe, die man schon im XII. und XIII. Jahrhunderte von Wappen hatte, zusammenfasst, den werden solche Sinnbilder nicht irre machen, da er kaum alle die Adler, die im XI. und zu Anfang des nächsten Jahrhunderts noch in Siegeln erscheinen, für wirkliche Wappen gelten lassen kann.

Wappen und Waffen sind in ihrer ursprünglichen Bedeutung gleich, wie uns denn auch das heute noch gangbare „gewappnet" für gewaffnet zeigt. Gleichermassen ist in den Sprachen aller Länder, die zur Zeit der Entstehung und Ausbildung der Wappen von dem grossen Sturm der occidentalisch-christlichen Begeisterung erfasst und mitgerissen wurden, eine Identität dieser Bedeutungen nachzuweisen, während die weniger oder gar nicht dabei betheiligten Nationen des fernen Ostens und Wesens nicht nur der gemeinschaftlichen Bezeichnung, sondern nicht selten selbst des Begriffes von Wappen entbehren.

Neben dieser Uebereinstimmung in den Bezeichnungen zeigt uns aber auch die Erfahrung, dass wenn auch nicht alle Waffen Wappen, doch in der That die Wappen immer Waffen waren und desshalb noch als solche betrachtet werden müssen. Schild und Helm, diese beiden Hauptbestandtheile eines vollständigen Wappens, waren besonders geeignet diejenigen bezeichnenden und unterscheidenden Bilder und Figuren, welche wir wappenmässig nennen, darauf anzubringen, und wenn auch der Gebrauch der Helme, wenigstens der heraldischen, um ein gutes Theil jünger ist als der der Schilde, so hat doch die Blüthezeit der Wappenkunst immer beide Waffenstücke gleich hoch geschätzt und geehrt. —

Meiner sichern Ueberzeugung nach haben die Kriegs- oder Kreuzzüge nach dem Morgenland (XI—XIII. Jahrhundert) die entferntere Ursache zur Entstehung eigentlicher Wappen gegeben, doch mochten wohl die beiden ersten dieser Züge noch wenig heraldische Produkte geliefert haben; um die Mitte des XII. Jahrhunderts aber glaube ich mit Gewissheit das Vorhandensein von Wappen behaupten zu können.

Wenn ich nun, bevor ich weiter gehe, diejenigen Merkmale angeben soll, unter denen ich irgend ein Bild als Wappen gelten lassen kann, so sind es drei:

1) dass jedes solche Bild in einem Schild stehe,

2) dass dieser Schild mit seinem Bilde als äusseres Kennzeichen irgend eines Rechtstitels, sei es Besitz, Vorrecht oder Körperschaft — Länder, Adel, geistliche und weltliche Gemeinden — anerkannt werde,

3) dass ein solcher Schild mit seinen Rechten und seiner Wesenheit, sei es durch Erb schaft, Lehen oder Kauf an einen Dritten übergehen könne.

Wenn wir diese drei Merkmale festhalten, so können weder die obenangeführten römischen oder griechischen Sinnbilder, noch die willkührlich bemalten Schilde der alten Deutschen, von denen Tacitus schreibt, und die bisher fast allen unsern Heraldikern eine erwünschte Wappen-Quelle waren, nur im Entferntesten als Wappen anerkannt werden.

Dass unsere Wappen orientalischem Einfluss ihren Ursprung verdanken, das kann uns, mit Uebergehung der Zeugnisse der ältesten Schriftsteller, schon eines unserer am häufigsten vorkommenden wappenmässigen Bilder, der Löwe, beweisen. Schon 1062 führt Robert Graf von Flandern einen Löwen im Schilde, und wenn ich dieses Beispiel (wegen seines vereinzelten Vorkommens, vorzüglich aber, weil gerade noch hundert Jahre lang nach diesem Datum in den Flandrischen Siegeln der Löwe nicht mehr erscheint) auch nicht gerade als Wappen gelten lassen möchte, so ist es doch Beweis genug dafür, dass dieses Thier damals schon bei uns als Schildeszierde gebraucht und gekannt war. Dagegen ist der Löwe im Schild des Grafen Philipp von Flandern, 1163, gewiss schon Wappen, denn nicht nur, dass er von nun an bestimmt beibehalten wird, so erscheinen um dieselbe Zeit in Deutschland Löwen in so vielen Siegeln, z. B. Thüringen, Nassau, Pfalz etc., dass man ihnen die Anerkennung als Wappenbilder nicht mehr verweigern darf; fast gleichzeitig mit dem Löwen, doch, wie ich glaube, etwas nach dem ersten Auftreten desselben begegnet uns das nächstverbreitete Wappenthier: der Adler. Diesem folgten im Gebrauche andere Thiere, wie die Ure, Hirsche, Eber, oder Gegenstände aus dem Reiche der Natur z. B. Bäume, Lilien, Rosen. Die jüngsten Wappenbilder aber sind die durch Linien, Theilungen entstandenen, die eigentlichen Herolds-Stücke.

Es ist diess, wenn man den Gang der Wappenkunst verfolgt, leicht erklärlich. Der Umstand, dass die beiden ältesten Wappen-Bilder, der Löwe und der Adler, so oft und so häufig auch von den verschiedensten Herren auf ihren Schilden geführt wurden, veranlasste zunächst, dass man auf Hülfsmittel denken musste, ähnliche Schilde zu unterscheiden. Wenn man einerseits allmählig dazu gekommen war, die Wappenbilder oder Wappen als äussere Kennzeichen bestimmter Rechte und Ansprüche zu betrachten und anzuwenden, so musste natürlich andererseits, falls man nicht geneigt war sein bisheriges Wappenbild ganz aufzugeben und gegen ein anderes umzutauschen (wie diess in ältesten Zeiten bei Nachgebornen und Bastarden eingeführt war) sich diese Nothwendigkeit von selbst ergeben.

Das einfachste Mittel zur Unterscheidung ähnlicher Bilder bot die Aenderung der Farben. Da aber diese nicht mehr ausreichen wollte, so dachte man auf weitere Wege, und die Theilung, Ueberlegung oder Begleitung mit anderen Figuren ergab sich dann von selbst.

So wurde der flandrische Löwe schwarz in Gold, der brabantische gold in Schwarz, der böhmische silbern in Roth, so wurde der thüring'sche Löwe mit den roth und silbernen Streifen bezeichnet, der nassauische mit Schindeln, der lüneburgische mit Lindenblättern begleitet. Auf dieselbe Weise entstand die silberne Sichel auf dem schlesischen Adler und so wurde auch der mährische Adler ganz geschacht; so erscheinen auch die jezigen Unterscheidungszeichen für Nachgeborne und Bastarde, so endlich die verschönernden Beizeichen der Hauptkronen.

Diess waren die Grundanfänge der Wappenkunst. Ihre Ausbildung aber fällt in die Zeit der Turniere.

Wann die Turniere ihren Anfang genommen, ist noch nicht mit Gewissheit bestimmt worden. Dass Rixner, der das erste dieser Ritterspiele nach Magdeburg und in das Jahr 938 sezt, hierin gefabelt hat, ist bestimmt; ob aber diejenigen Kampfspiele, die Papst Innozenz II. (1130—1143) verboten und verpönt hat, schon wirkliche Turniere nach unsern Begriffen waren, das lasse ich dahingestellt sein. Meines Erachtens waren in jenen Jahren die nöthigen Erfordernisse die das Zustandekommen solcher Spiele bedingten, namentlich die Korporation des Adels, noch nicht vorhanden.

Wie dem auch sein mag, so ist doch vor der Mitte des XIII. Jahrhunderts ein Einfluss der

Turniere auf die Wappenkunst nicht ersichtlich. Erst in der zweiten Hälfte dieses Säkulums bemerken wir eine Feststellung gewisser Aeusserlichkeiten, eine bestimmte Fixirung von Regeln, die sich aus der Herolds- und Wappen-Praxis selbst hervorgebildet hatten. Von dieser Zeit an geht die Ausbildung der Wappenkunst und so auch der Wappen mit Riesenschritten vorwärts, und erreichte ihre höchste Blüthe im IV. Jahrhundert, in den Tagen da Wappen und Edelmann, Turnierfähigkeit und adeliches Wesen so identisch war, dass mit der Prüfung und Zulassung eines adelichen Wappens auch die Untersuchung und Bestättigung adelicher Ehren eines Namens vor sich ging.

In jener Zeit war der Wappen-Schild noch der wirkliche Kampfschild zu Schimpf und Ernst, der Helm mit dem Kleinod war der wirkliche, wie ihn der Edelmann auch in der Feldschlacht trug; die Herolde waren damals noch wirkliche Wappen- und Geschlechtskundige, noch wirkliche „Ernholde" und selbst das zarte Geschlecht der Frauen verstand sich auf Kenntniss der adelichen Wappen und Kleinode.

Mit dem Aufhören der Turniere aber gingen der Adel und die Wappenkunst, mit ihnen auch die Herolde abwärts, und von der Zeit an, da man Schild und Helm nicht mehr wirklich gebrauchte, verlor sich auch das praktische Verständniss dieser Stücke, und so auch der Wappen im Allgemeinen. Der Adel drängte sich zu Hof- und Herrendiensten und die Herolde arbeiteten nur mehr in den Kanzleien, um Wappen zu fabriziren, die sie bald selbst nicht mehr begriffen; die Künstler entwöhnten sich nach und nach der guten richtigen Formen, und was die Zeit nicht zum Verfall des Ganzen beitrug, da half der Unverstand.

So kam die edle Heroldskunst allmälig tiefer zu stehen, und so tief, dass unser grosser Heraldiker Gatterer i. J. 1774 seine Definition also geben konnte: „Wappen sind von dem höchsten Regenten eines Staates verwilligte Zeichen der Personen und Länder."!!

III. Vom Schild.

Die meisten Heraldiker zitiren, wenn sie das Kapitel von den Schilden behandeln, alle möglichen Schildformen von Achilles an bis auf Louis XIV; und doch sind im Allgemeinen Schild und Wappenschild ebenso wenig gleich als Bild und Wappenbild, und Schildformen, die vor Entstehung der Wappen im Gebrauch waren, sind ebenso wenig heraldisch als diejenigen, die zur Zeit des Verfalles der Wappenkunst entstanden.

Die eigentlich wappenmässigen Schilde lassen sich in wenigen geben:

Die ältest gebräuchliche Schildform, auf welcher Wappenbilder erscheinen, ist die dreieckige, mehr lang als breit, an den Ecken etwas abgerundet und entweder in einem flachen Bogen nach Auswärts (1) oder mit einer Kante in der Mitte nach Innen gekrümmt (2). Wegen ihrer Länge waren diese Schilde grösstentheils nur von Fussgängern gebraucht.

Wenn ich sage dass die ebengenannten Schilde die ältesten wappenmässigen seien, so folgt daraus auch umgekehrt die Behauptung, dass kein Wappen älter sei als diese Schildesform.

Sehr bald veränderte das Bedürfniss leichterer Handhabung der Schilde zu Pferde, deren Form in eine um Merkliches kleinere zweite Gattung, die fast ausschliesslich nunmehr sogenannten Dreieckschilde, deren äussere Linien ein gleichschenklichtes Dreieck bald mit ganz geraden, bald mit etwas ausgebogenen Seiten bilden (3). Glücklicherweise sind uns von dieser Art Wappenschilde noch einige Exemplare erhalten worden, so dass wir deren Form, Grösse etc. genau bestimmen können. Ich nenne hier beispielshalber den landgräflich-hessischen Schild, der in der Kirche zu Marburg hängt, 2½ Fuss hoch und 2 Fuss breit, unmerklich nach Aussen gebogen ist, und in seiner Form genau wie nebenstehend sich zeigt*). Die Dreieckschilde waren fast zweihundert Jahre,

---

*) Weiteres hierüber siehe in meinem Wappen-Werk I. 3. S. 30 ff, Taf. 56.

von circa 1200 bis 1390, fast ausschliesslich im Gebrauch, aber in ihren Aussenlinien sowie der Krümmung mitunter verschieden. Erst im Anfange des XV. Jahrhunderts macht sich eine neue Schildesform, die halbrunde, geltend.

Diese halbrunden Schilde (4), so genannt, weil sie unten in einem förmlichen Halbkreis schliessen, mag das Bedürfniss wie die Mode zu gleichen Theilen hervorgebracht haben, denn einerseits mussten sie für zusammengeseztere namentlich geviertete Wappen bequemer sein, andererseits war die Dreieckform schon zu lange im Gebrauche gewesen, als dass sie nicht wie alles Uebrige hätte der Neuerungssucht zum Opfer fallen müssen.

Auf diese halbrunden Schilde folgten bald die sogenannten Stechschilde oder Tartschen, doch hielten sich neben diesen die halbrunden Schilde noch längere Zeit wappenmässig.

Die Stechschilde verdanken ihre Form einzig und allein dem Gebrauch des Rennspieses, und es erscheint daher als karakteristisches Merkmal derselben der Ausschnitt an der rechten Seite (5), der zuletzt eine fast kreisrunde Form annahm. Alle Tartschen sind stark nach Innen gekrümmt, am meisten aber die eisernen derselben, von denen einige sogar einen vollen Halbkreis bildeten (6).

Diese Tartschen oder Stechschilde waren die lezten von den wirklichen Wappenschilden. Die Bildsamkeit ihrer Form bot dem Waffenschmied wie dem Künstler reichliche Gelegenheit zur Abwechslung, und die lezteren waren es, die, nachdem der Gebrauch der Schilde in der Wirklichkeit aufgehört hatte, eine Zeit lang noch immer an der Grundidee dieser Stechschilde festhielten. Erst als die Erinnerung an die lezten wirklichen Schilde allmählig sich zu verwischen begann, kamen nach und nach jene, wenn auch nicht unschönen, doch gewiss missverstandenen Schildesformen zur Welt, die wir mit dem Namen Renaissance-Schilde bezeichnen.

Anfangs nur durch häufige Aus- und Einschnitte zu allen Seiten des Schildes von den wirklichen Tartschen unterschieden, erhielten sie bald durch Einfluss der damals herrschenden Sucht nach antiken Mustern, auch die runde und ovale Form. Da aber bei diesen unheraldischen Schildesformen die Tartschenausschnitte nicht mehr anwendbar waren, so umgab man allmählig die ganze Form mit einem Rahmen von Schnörkeln, die sich nach und nach bis zu wirklichen Schnizereien mit Engelsköpfen, Blumen-Guirlanden u. s. w. ausbildeten, wie wir derartige Muster noch im vorigen und unserem Jahrhundert häufig finden.

Man war und ist es theilweise noch nicht zufrieden, diese phantastischen nichtsbedeutenden Rahmen als blosse Launen der Künstler zu dulden, sondern man verirrte und verirrt sich nicht selten so weit, diese Schnörkel als zum Schild und Wappen gehörig zu betrachten und in Adelsbriefen und heraldischen Werken haarklein zu beschreiben oder nachzumalen! Wenn die Unkenntniss heraldischer Formen bei Herolden und Heraldikern einmal so weit gediehen ist, dann darf es uns wohl nicht mehr wundern, wenn wir auch förmliche Trophäen von Kanonen, Trommeln, Fahnen, Spiessen, Musketen, Pauken und Trompeten hinter dem Schild aufgethürmt, oder gar das ganze Wappen wie bei dem Grafen Millessimo auf einem mit zwei Löwen bespannten Leiterwagen stehend sehen. Es fehlten dann nur noch ein Husar und ein Fuhrknecht als Schildhalter, um das ganze Bild würdig zu vollenden. — —

Von modernen Schildesformen kann ich nur zwei als gangbar billigen, die eine in Gestalt eines Vierecks unten etwas abgerundet und in eine kleine Spitze auslaufend (7), die andere in Form eines gestürzten Eisenhutes (8). Beide sind in ihren äussern Konturen verständlich und einfach, und beide lassen wenigstens die denkbare Möglichkeit zu, dass sie einst als wirkliche heraldische Schildformen könnten angewendet worden sein.

Man liest in früheren und auch noch in neueren Heraldiken in der Regel eine Eintheilung der verschiedenen Schildformen nach Nationen, und beliebt die Tartschenschilde (5 u. 6) als deutsche, die runden und ovalen als italienische, die unten zugespizten (7) französische, die eisenhutförmigen (8) englische Schilde zu nennen. Ich glaube nur auf das in diesem Kapitel Gesagte hinweisen zu dürfen, um die Nichtigkeit und Verkehrtheit solcher Aufstellungen endgültig darzulegen. Zeit, Bedürfniss und Mode, nicht Land oder Nationen haben die Schildesformen hervorgebracht, und ich füge noch hinzu, dass aus allen Siegeln und Denkmälern ersichtlich wird, dass in diesen Dingen die Mode immer von oben, nicht wie heutzutage von unten, von Schneidern und Hutkünstlern auszugehen pflegte.

IV. Von den Farben.

Die Farben sind nicht nur, wie schon oben bemerkt, die erste und einfachste Art von Unterscheidungsmitteln in der Heraldik, sondern sie sind auch dasjenige, was den Wappen ihr eigentliches Leben gibt. Ein in ächter und verstandener Weise gemaltes Wappen ist in der That wie ein alter Herold sagt „ein lustig Ding
           zue aller Frist
         mit hochem Sinn und wesen."
Es hat in den ältesten Zeiten der Wappenkunst als erster Grundsaz gegolten, dass nur sogenannte ganze Farben in Wappen angewendet werden können, und erst die schlechteste Periode der Heraldik hat damit begonnen, Zwischenfarben einzuschmuggeln, unter welchen lezteren die sogenannte Naturfarbe obenan steht. Ich werde auf diese weiter unten zurückkommen.
Man kennt also in der ächten Wappenkunst blos vier Farben:
              Roth, Blau, Grün, Schwarz,
zu denen noch die zwei Metalle:
              Gold und Silber
kommen. Der erste Grundsaz der Wappenfarbenlehre fand seinen Ursprung und seine Feststellung ausser dem allgemeinen Schönheitssinn noch in der Nothwendigkeit, die erforderte, dass in einem Wappen die einzelnen Bilder von den Feldern und umgekehrt möglichst scharf sich absondern mussten, und wenn wir diesem so einfachen als praktischen Saze einigermassen nachgehen, so werden wir die Ueberzeugung gewinnen, dass orange und gelb oder gold, purpur und roth, aschgrau und weiss oder silber, eisenfarb und schwarz, stahlfarb und blau, und wie die unheraldischen Farben alle heissen, auf einige Entfernung unmöglich hätten von einander unterschieden werden können. Das wollen zwar unsere modernen Heraldiker nicht einsehen, sie würden lieber noch ein halbes Duzend neue Farben-Siechlinge introduziren, allein die Herolde der alten Zeit hatten neben der Theorie auch Praxis, und wussten wohl warum sie den obgenannten Grundsaz aufstellten und befolgten.
Die sogenannte natürliche Farbe, das heisst diejenige, die jedem Gegenstand in der Natur zukömmt, in der Heraldik anzuwenden, war den alten Wappenkundigen und Wappenkünstlern gleichfalls nie in den Sinn gekommen. Sie wählten vielmehr, wollten sie irgend ein Thier, einen Baum etc. in seiner natürlichen Farbe vorstellen, immer die nächstgelegene ganze heraldische Farbe oder das nächstliegende Metall, darum finden wir in keinem gemalten Wappen der guten Zeit, braune Wölfe, rosenrothe Blumen, falbe Pferde etc., sondern rothe oder schwarze Wölfe, rothe Hirsche, weisse oder silberne Elephanten, rothe oder weisse Rosen, schwarze Baumstämme, rothe Blätter (z. B. bei Darstellung herbstlicher Linden), blaue, schwarze, goldene Dächer u. s. w. Ich habe die feste Ueberzeugung gewonnen, dass dasje-

2

nige, was unsere Heraldiker unter „natürlicher Farbe" verstehen, in der bessern Periode des Wappenwesens nicht nur **n i c h t** bestanden hat, sondern dass es auch heutzutage noch **n i c h t n o t h-w e n d i g** ist, wenn man nicht lieber die „natürliche Farbe" ganz verbannen sollte.

Von den **v i e r** heraldischen **F a r b e n** zu sprechen, so verstehen wir unter:

R o t h, ein stechendes, grelles Roth, Zinnober oder Menig, und zwar lehrt die Erfahrung, dass die Anwendung des lezteren (minium) älter ist, als die des Zinnobers, und dass man daher in Wappen aus dem XII. und XIII. Jahrhundert richtiger Menig als Zinnober gebrauchen dürfte.

B l a u, ein klares Himmelblau (lazur graecum). Dunklere Schattirungen gehen zu leicht in Schwarz über, und stechen wenigstens nicht feurig genug ab. Heutzutage nimmt man gewöhnlich Kobaltblau.

G r ü n*), war in den ältesten Zeiten Grünspan, jetzt nimmt man in der Regel Schweinfurtergrün.

S c h w a r z war immer das Russchwarz (niger color qui sumitur de caldariis).

Die **b e i d e n** heraldischen **M e t a l l e** wurden in der Regel, besonders bei den Schilden der höheren und reicheren Wappenherrn, von den edlen Metallen **G o l d** und **S i l b e r** selbst hergestellt. Da sich aber schon in den ältesten Zeiten statt der wirklichen Metalle die nächstliegenden Farben **s c h w e f e l g e l b** (auripigmentum) und **k r e i d e w e i s s** (cerosa cretacea) zuweilen angewendet finden, so kann man auch heutzutage noch nicht darauf bestehen, dass die Anwendung von wirklichen Metallen in den Wappen geradezu statthaben **m ü s s e**; dagegen bin ich der Ansicht, dass man bei Beschreibung der Wappen im gegebenen Falle immer das **b e t r e f f e n d e M e t a l l**, nicht die Farbe, nennen solle. Hiefür spricht auch die Nothwendigkeit der Aufrechthaltung des **z w e i t e n** Sazes der heraldischen Farbenlehre:

M e t a l l soll nicht auf M e t a l l und F a r b e nicht auf F a r b e zu stehen kommen, der ausserdem sinnlos werden müsste.

An die Befolgung dieses Sazes wurde in den bessern Zeiten der Wappenkunst so strenge gehalten, dass ich behaupten darf, es gebe aus jener Periode kein gegentheiliges Beispiel, selbst nicht für den Fall, dass eine heraldische Naturfarbe dabei im Spiele wäre. Nicht selten aber hat die Unkenntniss späterer Jahrhunderte es dahin gebracht, alte richtige Wappen dadurch zu Ausnahmen zu stempeln, dass sie Silber und Gold, das sich an alten Originalien häufig bis zur Unkenntlichkeit abgenüzt und auf den ersten Anblick hiedurch eine etwas unklare ins Blaue und Rothe spielende Färbung erhielt, sogleich für Blau oder Roth nahm und so malte. Solcher Unaufmerksamkeit oder solcher Unwissenheit haben wir es zu verdanken, dass jezt im Wappen der Stadt **M ü n c h e n** der Mönch im blauen statt silbernen Felde steht, dass der Schrägbalken im Wappen der **M a u t n e r** blau statt silber und das Kreuz im **O t t**'schen Schilde roth statt gold erscheint. Ich könnte hier noch gar viele Beispiele anführen, doch wer alte gemalte Schilde einmal aufmerksam betrachtet hat, wird sich aus Erfahrung schon von der Richtigkeit meines Ausspruches überzeugt haben oder noch täglich überzeugen können.

Die neueren Stuben-Heraldiker haben aber, indem sie einerseits von dergleichen Dingen keine Ahnung hatten, anderseits auch dem oben genannten Lehrsaze von Farbe und Metall seine Geltung erhalten wollten, für solche in neuerer Zeit verunstaltete und missverstandene Wappen, den Ausdruck **R ä t h s e l - W a p p e n** erfunden, der wirklich bezeichnend genug gelungen ist, wenn man bedenkt, dass es uns ein Räthsel bleiben muss, wie man dazu kommen konnte, solche Wappen zu malen.

Ich komme nun zu einer eigenen Art Stoffe, die, ich weiss nicht aus welcher Ursache, wahrscheinlich aber weil sie zum Ueberziehen der Felder und Figuren, wiewohl in Deutschland sehr selten, gebraucht wurden, von den Heraldikern zu den Farben gerechnet werden, ich meine die **P e l z w e r k e.**

Als **F e l d f a r b e** in deutschen Wappen **a u s s e r s t** selten.

In Frankreich und England haben Wappenherrn und Wappenherolde zusammengeholfen uns mit der Erfindung von neunerlei Pelzwerken*) zu beglücken. In Deutschland aber kennen wir deren nur zwei in der Wappenkunst; Hermelin und die gemeine Kürsch. **)

Der Hermelin wird heraldisch weiss mit schwarzen Schwänzlein in besonderen, von der natürlichen abweichenden, Form dargestellt (14), und es ist ganz unrichtig, diese Schwänzlein, wie es bei den Souverainwappen doch häufig vorzukommen pflegt, anderst zu geben. Diese unrichtige Darstellungsweise nur konnte z. B. die Bregenzer verleiten, die drei Schwänzlein des Hermelinpfahles für Groppen (Fische mit dicken Köpfen), Rüben oder gar Rossegel zu erklären.

Die gemeine Kürsch, unrichtiger Weise auch im XVI. Jahrhundert die „vehwamblein Kürsch" oder auch blos „Vehm" genannt, ist grau mit wellenförmigen schwarzen Streifen, welche die schwarzen Spitzen des grauen Pelzes darstellen sollen. (16)

Dass man Schwarz in ältesten Zeiten der Wappen besonders bei den Franzosen aus besonderem Luxus von Zobelpelz (daher auch die Bezeichnung sable) dargestellt habe, ist richtig, doch hat sich diess Pelzwerk in der deutschen Wappenkunst nie geltend gemacht.

Die sogenannte Damaszirung (18) ist eine Erfindung der Wappenkünstler und existirte in der Form wie wir sie jezt kennen, bereits im XV. Jahrhundert. Sie ist unstreitig blos eine Modernisirung der schon in den ältesten Zeiten eingeführten Ausfüllung leerer Pläze in den Schilden, durch gekreuzte Linien, Rosetten, Punkte etc. wie wir sie namentlich als eine Art Bezeichnung für Unterschied von Farbe und Metall schon im XIII. Jahrhundert auf Siegeln und als Dekoration in den Siegelfeldern finden.

Ihre Anwendung in jeziger Form aber findet nach den besten Mustern nur da statt, wo grössere leere, d. h. mit keiner Figur belegte, Pläze oder Flächen erscheinen, deren Einförmigkeit man durch die Damaszirung etwas zu verschönern sucht. Da solche leere Pläze sowohl in Farbe als auch in Metall vorkommen, so hat man zu jeder Zeit beide Arten damaszirt, und thut es auch jezt noch mit demselben Recht. Ich kann sohin auch den Saz der neueren Heraldiker nicht zustimmen, die, indem sie bei Damaszirung immer an türkische Säbel und Gewehre zu denken scheinen, behaupten, man dürfe nur Metalle damasziren, stelle aber wiederholt meine Ansicht dahin auf, dass man Pläze, in denen schon eine Figur steht, vernünftigerweise nicht damasziren solle. — —

Der dritte Grundsaz in der Wappenfarbenlehre endlich ist der:

Es ist keine Farbe oder Metall in der Heraldik höher oder geringer zu achten als die übrigen.

Es scheint diess zwar an und für sich sonnenklar zu sein, aber ich muss zur Rechtfertigung dessen, dass ich diesen Saz hier noch aufnehme, anführen, dass es schon vor zweihundert Jahren wie noch heutzutage Halbmenschen in der Heraldik gegeben hat und noch gibt, die, sei es aus eigener Sentimentalität oder aus missverstandener Schmeichelei, jedenfalls aber ohne den mindesten historischen Rückhalt, lange und breite Erklärungen und romantische Ergiessungen über Rang und Werth der heraldischen Farben und Metalle geschrieben, und mit ihrem süsslichen Patschouli so Manchen schon ganz betäubt haben, abgesehen von der Schande, die sie mit solchen Schwäzereien dem Ernst und der Würde unserer Wappenkunst anthun. — —

Man hat bei Vervielfältigung von Wappen durch den Druck schon frühzeitig auf Mittel gesonnen, die Farben in den Wappen ohne wirkliche Kolorirung und ohne beigefügte Beschreibung, angeben zu können.

So hat man anfänglich, und zwar schon im XVI. Jahrhundert, die Zeichen der Planeten zu

---

*) Nemlich: Ermine, Ermines, proper Ermines, Erminoys, Pean, Verry, Verrey, Vaire und Littuits skin.

**) Merkwürdigerweise und in klarem Widerspruch mit der Bezeichnung selbst, haben bisher alle unsere deutschen Heraldiker auch die Eisenhütlein unter die Pelzwerke gezählt, und man findet sie auch haarklein bei einem wie dem andern unter diese Gattung eingereiht. Ich rechne aber die Eisenhütlein theils unter die Heroldsstücke, theils zu den gemeinen Figuren und werde desshalb erst dort von ihnen sprechen. —

den betreffenden Feldern oder Figuren gesetzt, nämlich ⊙ Gold, ☾ Silber, ♂ Roth. ♃ Blau, ♀ Grün, ♄ Schwarz, dazu später noch für Purpur das Zeichen ☿ kam.

Nach dieser Bezeichnungsweise kam die mittels der Anfangsbuchstaben der betreffenden Farben, entweder lateinisch oder deutsch, wie z. B. bei Siebmacher g. Gold, w. Weiss (Silber), bl. Blau, r. roth, s. Schwarz und für Grün das Zeichen △ (ein Blatt).

Zwischen 1620 und 1640 erfand man — ob Petra sancta oder Colombiére oder irgend ein anderer ist wohl gleichgültig — die sogenannten Schraffirungen, von denen sich bis jezt folgende geltend gemacht haben: **Gold** (10), **Silber** (12), **Roth** (9), **Blau** (11), **Grün** (15), **Schwarz** (17) und **Purpur** (13).

Nach diesen machte Rink die Erfindung zweier neuer Schraffirungen für **Eisenfarbe** und **Naturfarbe**, wovon die eine ebenso überflüssig als die andere, die leztere aber noch überaus anmuthig ist durch die Art und Weise, wie sie mit ihren Zickzacklinien alle Figuren verschönert, z. B. das weibliche Bild im Wappen der B u t z n e r nach Rink'scher Manier (19) dargestellt.

Ausserdem hat uns das neueste pommersche Wappenbuch noch mit „Blutroth" und „Braun" beehrt. O r a n g e könnten wir von den Franzosen leihen und so fehlte dann nur mehr, dass uns ein Gönner der Wappenkunst noch Veilchenblau, Kupferroth, Schmalzgelb und Zeisiggrün erfände, um einen prachtvollen heraldischen Sonnenuntergang malen zu können, eine Erfindung, die unsern modernen Heraldikern und Herolden für ihre Genrestücke und Landschaften gewiss äusserst wünschenswerth erscheinen müsste.

Da ich, wie in Vorhergehendem erläutert, ausser den sechs ganzen Farben keine mehr als heraldische anerkenne als den Purpur und die Naturfarbe, ersteren jedoch nur für Wappen-mäntel und Kronenmüzen, nie für Feld- oder Figurenfarbe, leztere nur desshalb, weil ich wohl einsehe, dass ich einerseits mit der Durchführung des bereits erklärten alt-heraldischen Grundsazes, bei den Zeiten unserer verknöcherten Wappenherrn und Heraldiker argen Anstoss finden würde, anderseits weil ich mich nicht verpflichtet fühlen kann, alle eingerissenen Missbräuche in der Heraldik ohne Beihülfe Anderer allein abzustellen — da ich also, um es noch einmal zu wiederholen, ausser Gold, Silber, Roth, Blau, Grün, Schwarz, Purpur, Naturfarbe, Hermelin und Kürsch k e i n e andere Farbe als heraldisch anerkenne, so folgt von selbst, dass ich hiefür auch keine ʻBezeichnung einzu-führen brauche. Naturfarbe aber habe ich in meinem Wappenwerke, wo ich aus anderen Grün-den die besprochene heraldische ganze Farbe nicht geben konnte, durchgehends mit verhältniss-mässig stärkerer Schattirung der betreffenden Körper bezeichnet, so dass diese Andeutung sich bei einiger Uebung leicht von der des Silbers unterscheiden lässt, und doch dem Schönheitssinn nicht so schadet, als die (19) obengezeigte Natur-Schraffirung.

Ich führe hier weiter an, dass ich im Contexte der Wappenbeschreibungen die Farben fol-gender Weise bezeichne: Gold mit G. und g., Silber mit S., s., Roth mit R., r., Blau mit B., b., G r ü n mit Gr., gr., Purpur mit Pp., pp., Naturfarbe mit N., n. und Schwarz mit dem Zeichen #, und dass ich diese Bezeichnungsart, da ich sie brauchbar gefunden, auch weiter bei-behalten werde.

Schlüsslich erübrigt mir noch aufmerksam zu machen, dass bei den Schraffirungen der Wappen immer der Grundsaz aufrecht erhalten werden müsse, dass nach der einmal angenomme-nen Bezeichnungsweise die R i c h t u n g d e r S t r i c h e sich immer nach der Stellung des S c h i l d e s zu fügen habe, z. B. Roth immer nach der Längenachse, Blau immer nach der Breitenachse des Schildes, und nicht wie sich diess z. B. bei Tyroff findet, nach der Längen- oder Breitenachse des Papiers, da man ausserdem in den argen Widerspruch gerathen müsste, dass, wenn der nämliche Schild einmal gerade und daneben schräg gestellt erschiene (20, 21) die nämliche Schraffirung das einemal Blau, das anderemal Grün bedeuten müsste.

Bei Schraffirung der Helmkleinode gilt, wie selbstverständlich, die nämliche Regel, und es ist hier allerdings statthaft, dass bei einem schräggestellten Schilde und aufrechtstehenden Helme die Striche für gleiche Farben, beziehungsweise verschiedene Richtungen haben können.

V. Von den Herolds-Stücken.

Ich habe schon oben angedeutet, dass zwar die ältesten Wappenbilder der Erfahrung gemäss natürliche Figuren, Thiere, Pflanzen etc. waren, dass aber der Anfang der eigentlichen Wappenkunst erst in der Zeit zu suchen sei, in der die Herolde anfingen durch Striche oder Linien eine künstliche Vertheilung der Farben in Schildern hervorzurufen, hiedurch mehr Abwechslung, Mannigfaltigkeit und Reichthum in die Wappen zu bringen. Diesem mehr durch Bedürfniss als Zufall entstandenen Umstande verdanken wir nicht bloss eine eigene Klasse von heraldischen Zeichen und Bildern, die sogenannten Heroldsstücke, sondern auch wesentlich die umfassendere Ausbildung der ganzen Wappenkunst selbst.

Ein Heroldsstück ist also die Zerlegung eines Schildes in verschiedene Farben durch Abgrenzung derselben mittelst gerader oder krummliniger Striche.

Alle unsere neueren Heraldiker (mit Ausnahme des Schmeizel, der hierinn, abweicht) machen aus den Heroldsstücken zweierlei: die Theilungen oder Sektionen und die Heroldsfiguren.

Ich kann mich aber mit dieser Theorie um so weniger einverstanden erklären, als einerseits die Definition die sie von denselben geben ziemlich unhaltbar ist, von manchen sogar für „Sektionen" wie „Heroldsfiguren" die Begriffe gänzlich verwirrt wurden, anderseits mich die Erfahrung gelehrt hat, dass man in der alten Wappenkunst eine einfache Spaltung oder Theilung ebenso gut für ein Herolds- oder Ehrenstück hielt und betrachtete, als einen Pfahl oder Balken, ja dass in vielen Fällen zwischen einer „Sektion" und „Heroldsfigur" gar kein Unterschied gemacht wurde, wie uns unter Andern die alten sächsischen, schwarzenbergischen Siegel, die Wappen und Siegel von Hennegau, Ungarn u. s. w., sowie von vielen Adelsgeschlechtern z. B. der Stupf, Marschalken etc. beweisen, wo die Spaltungen, Theilungen, Sparrungen bald in ungerader bald in gerader Anzahl, also nach der früheren Theorie bald als „Sektionen" bald als „Heroldfiguren" erscheinen.

Meiner Ueberzeugung nach ist also ein Unterschied zwischen diesen beiden Klassen in so ferne nicht zu machen, als man den 19 oder 20 gewöhnlich angeführten „Heroldsfiguren" irgend einen Vorzug vor den Sektionen gebe und sie von ihnen trenne; sie sind vielmehr alle gleich viel werth, gleich alt und gut, sie alle zusammen sind die Erfindungen der Herolde, und ich nenne sie desswegen insgesammt Heroldsstücke, so dass nur um ein Beispiel zu nennen, der geviertete hohenzoller'sche Schild ebenso gut ein Heroldsstück ist als das savoy'ische Kreuz. — —

Jedes Heroldsstück kann wieder mit einer oder mehrerer der gemeinen Figuren belegt oder mit einem andern Heroldsstück überzogen oder zusammengestellt werden.

Nach diesen Erklärungen, werde ich nun die Heroldsstücke hier nacheinander folgen lassen in der Art wie sie organisch aus einander hervorgegangen sein mögen, kann mich jedoch natürlich nicht darauf einlassen, alle Heroldstücke, in ihren Varietäten zu geben.

Ich nenne also:

1) Den gespaltenen Schild oder die Spaltung (21). Ich nenne diess einfach „gespalten" und nicht „von Oben der Länge nach gespalten" oder „senkrecht getheilt", weil schon die Begriffe im gewöhnlichen Leben mit „spalten" immer ein Theilen in der Richtung von Oben nach Unten, oder in der längern Achse, verbinden.

Die Spaltung kann bei jedem Schild beliebig oft stattfinden, und man zählt desshalb immer die Spaltungsstriche, und nennt dabei, wenn nur zwei Farben in je gleichviel Plätzen vorkommen, dazu die erste und zweite Farbe z. B. Von B. und S. fünfmal gespalten (22), aber (23) von #, S. und R. gespalten. Verändert man in dem letztgenannten Heroldsstück die Farben der Art, dass mit Auslassung der dritten eine der beiden übrigen zwei, die andere nur einen Plaz einnimmt so erhält man:

2) den Pfahl (24), S. in #.
3) die rechte Seite (25), S. in R. und
4) die linke Seite (26) S. in #
5) der getheilte Schild oder die Theilung. (27) von # und S. Hieraus (28) von B. und G. dreimal getheilt, und (29) von B. G., und R. getheilt.

Auf dieselbe Weise wie oben bei der Spaltung erhält man hier durch besondere Vertheilung der Farben in den Pläzen:

6) den Balken (30), G. in R., ferner:
7) das Haupt (31), G. in B., und
8) den Fuss (32), R. in G.

Aus der Spaltung und Theilung zusammen haben sich weiter folgende Heroldsstücke ergeben:

9) Halbgespalten und getheilt (33), von R., G. und B. und
10) Halb getheilt und gespalten (34), von B., R. und G.

Beide Stücke lassen sich auch in veränderter Lage im Schilde wiedergeben.

11) der geviertete Schild (35), von # und S. Hieraus: (36) geschacht zu neun Pläzen von B. und S. und (37) von R. und G. ungezählt geschacht, von älteren Herolden auch blos „ein Schach von R. und G." genannt.

Aus dem gevierteten Schild ergeben sich weiter:

12) das Kreuz (38), S. in R.

Dieses Heroldsstück hat bekanntlich in den Wappen unendliche Varietäten, die sich aber wenn es Heroldsstück bleiben, d. h. auf den Rand laufen soll, blos auf Aenderung der Aussenlinien oder Belegung mit anderen Figuren ausdehnen dürfen.

13) das Freiviertel oder die ledige Vierung (39), Hermelin in R. —

Diess steht in der Regel im rechten Obereck und hat die Grösse eines der vier Eckpläze beim gemeinen Kreuz (38). Es kann aber in jedem der vier Ecken stehen.

14) das Ort (40) hat die Grösse und Form des Freiviertels, steht aber immer in der Mitte eines Randes, z. B. hier ein oberes g. Ort in R. Dieses alte Heroldsstück finde ich in gar keiner unserer Heraldiken bisher aufgeführt, obwohl es die alte Wappenkunst erfand und häufig genug gebrauchte, wie denn die Ueberacker, Ruerstorffer u. A. ein solches Ort führen.

15) Der schräggetheilte Schild oder die Schrägtheilung (41 und 42). Ich werde im Verlaufe dieser Schrift mehrmals zu zeigen Gelegenheit haben, dass man in der alten Wappenkunst keinen Unterschied darin machte, ob die Schrägtheilung nach Rechts oder nach Links herabging. Es muss auch heutzutage noch genügen, wenn man bloss „schräggetheilt" meldet, da aber manche Heraldiker und Wappenherrn aus Unkenntniss der wahren Heraldik so beschränkt ängstlich sind, dass sie durchaus wissen und beschreiben wollen ob eine Schrägtheilung oder ein Schrägbalken nach dieser oder jener Seite herabgehe, so will ich hier wenigstens anführen, dass ich für einen solchen Fall immer die Theilung oder den Balken nach derjenigen Seite nenne, nach der er abwärts geht also (41) schrägrechts und (42) schräglinks. Ich weiss wohl, dass ich hierin von Gatterer & Comp. abweiche, allein das hindert mich nicht die leztgenannte Bezeichnung für die zu halten und zu geben, die möglichst wenige Irrungen zulässt.

Aus Vorhergehendem folgen weiters:

Von B. und S. fünfmal schräggetheilt (43), ferner:

Von #, S. und R. schräggetheilt (44). Hieraus wie oben beim Pfahl und Balken:

16) der Schrägbalken (45) S. in # und:
17) das Schräghaupt (rechtes, weil im rechten Obereocke) (46), # in S., ebenso
18) der Schrägfuss (linke) S. in R. (47).

Diese drei Heroldsstücke können natürlich auch in den entgegengesezten Lagen vorkommen.

19) Schräggeviertet (48), von R. und S., hieraus (49): gerautet: von # und S.

Ueber den Unterschied von „gerautet, geweckt, gespindelt" haben manche neue Heraldiker sich viele Mühe und Sorgen verursacht, wohl ohne Noth, denn aus allen Beispielen z. B. den Siegeln der Herzoge von Bayern, Teck u. A. hätten sie ersehen können, dass in der alten Heraldik zwischen diesen drei Begriffen nicht unterschieden wurde, und dass über die Benennung blos der Gebrauch entscheidet, indem man z. B. die bayrischen Rauten und zwar immer „Wecken" nannte und im gewöhnlichen Leben noch nennt, und sie doch bald wie 49, bald wie neben (50 und 51) zeichnete.

20) Das Andreaskreuz (52), # in S.

Aus der Schrägtheilung ergeben sich ferner:

21) Die Spizentheilung und zwar (53) durch eine s. Spize von # und R. gespalten, oder (54) durch eine rechte g. Spize von B. und # getheilt.

Hieraus durch Aenderung in den Farbenplätzen wie oben beim Pfahl etc.

22) Die Spize (55), G. in # oder die gestürzte Spize (56), R. in S.

Ich bemerke hier, dass man bei der Spizentheilung und der Spize keine besondere Meldung davon macht, ob die Linien derselben ausgeschweift oder gerade sind. Man findet die letztere wie die erstere Art, bei den älteren Wappen ein und desselben Geschlechtes oft nebeneinander, und ist nur die ausgeschweifte Spize wegen ihrer gefälligeren Form üblicher geworden als die geradlinige.

23) Die Sparrung (57) dreimal von S. und B. Hieraus ferner (58) von #, S. und R. gesparrt. Aus diesem erhalten wir durch Farbenänderung:

24) Den Sparren (59), S. in #. Sind die Aussenlinien eines Sparrens, geschweift so nennt man ihn wohl auch eine Schleife z. B. (60) in G. eine gestürzte Schleife u. s. w.

Aus der Verbindung von geraden und schrägen Theilungen entstehen ferner:

25) Die Ständerung (61), achtmal von R. und G. Hier sind, weil das Heroldsstück wie ein Kreis in sich selbst zurückkommt, ebensoviel Theilungsstriche als Pläze. Den Bassenheim'schen geständerten Schild habe ich bei einem unserer neuen Heraldiker als „sechs R. Windmühlenflügel in S." beschrieben gelesen.

Aus der Ständerung ergibt sich:

26) Der Ständer (62), R. in S.

27) Die Deichseltheilung (63) von G., B. und R.

Hieraus:

28) Die Deichsel (64), S. in R.

29) Die Göppeltheilung (65), von #, B. und S. Hieraus:

30) Der Göppel (66), # in G.

Ein besonders geformtes, aus den bisherigen konstruktiv nicht ableitbares Heroldstück ist:

31) Die Einfassung und zwar (67) die äussere, und (68) die innere. Ueber die Entstehung der gestückten Einfassung in der Heraldik habe ich in meinem Wappenbuch*) meine Ansicht bereits niedergelegt. Mit den einfachen Einfassungen treibt die neuere Heraldik grossen Missbrauch, wie es denn scheint, dass man z. B. in Preussen keinen Schild zeichnen zu können glaubt, der nicht eine Einfassung hätte.

Ist die äussere Einfassung sehr breit, so wird aus dem übrig gebliebenen Stück Feld ein neues Heroldsstück.

32) Das Schildlein (69), R. in Hermelin.

Zu den Heroldsstücken gehören weiters:

33) Die Stufe (70), in S. eine rechte # Stufe, oder (71) in R. zwei linke s. Stufen.

34) Die Zinne (72), in # eine S. Zinne, und

35) Die Scharte (73), in R. eine G. Scharte.

---

*) I. Bd. 1. Hft. S. 12.

Aus Zinnen und Scharten hat man wieder verschiedene Zusammenstellungen gemacht z. B. mit vier Zinnen und vier Scharten von G. und # getheilt (74) oder mit zwei Zinnen und zwei Scharten v. R. und S. gespalten (75).

Die Form der Zinnen mit Scharten wurde in ihren Aussenlinien häufig zur Begrenzung von Plätzen oder auch von andern Heroldsstücken verwendet, so dass wir gezinnte Balken und Pfähle, oder mit dem Zinnenschnitt schräggetheilte Schilde finden. Aehnliche Gelegenheit boten von jeher die Spize, die in kleineren Verhältnissen aneinander gereiht, die Spizenlinien, oder den Spizenschnitt (z. B. 76. mit dem Spizenschnitt von R. und S. schräggeviertet), die ausgebogenen Spizenlinien, aber den sogenannten Kerbschnitt (z. B. 77. mit dem Kerbschnitt von # und S. geviertet) hervorbrachten. Es gibt ausserdem noch viele Arten von Begränzungslinien der Heroldsstücke, die meistens der Phantasie der Wappenkünstler ihre Entstehung zu verdanken haben, deren Aufzählung jedoch hier viel zu weit führen würde. Ich nenne hier beispielshalber nur die schiefen Zinnen oder Aeste (78 von # und S. mit drei Aesten und drei Zinnen schräggetheilt. ┬ —

38) Die Wolken, erscheinen in beiden Formen (79 und 80) und zwar nennen Gatterer & Comp. die ersteren die einfachen, die letzteren die doppelten Wolken. Ich kann jedoch in praxi der alten Heraldik keinen Unterschied zwischen beiden Arten finden, und ist leztere bloss eine künstlerische Ausschmückung der ersteren. Es gibt im Wappen nur heraldische Wolken, keine natürlichen.

39) Die Eisenhütlein, dieses alte Heroldsstück wird, wie ich schon oben bei den Farben erwähnt, merkwürdigerweise und gerade im Gegensatz der Bezeichnung, von Gatterer & Comp. für „Pelzwerk" erklärt und auch unter diese gezählt. Wenn ich auch zugebe, dass die Franzosen und Engländer bei denen mit wirklichen und erdichteten Pelzwerken ohnediess grosser Missbrauch getrieben worden, mit diesem Heroldstück das natürliche Pelzwerk „Veh" darstellen wollten, so bleibt eben diese Darstellung sowohl wegen ihrer von der Natur abweichenden Gestalt immer eine heraldische Figur, als auch wegen ihrer Anwendung in französischen und englischen Wappen, die häufig in einer Art geschah und geschieht, dass das wirkliche Veh nie dazu könnte verwendet werden, nicht in der nöthigen praktischen Bestimmtheit.

Ich weiss von Sachkundigen, dass die Zusammensezung der Veh-Felle in der Wirklichkeit nur bestimmte Möglichkeiten zulässt, die meisten Arten, aber von den heraldischen „Veh's" unbedingt ausschliesst. — Wenn nun schon die Franzosen und Engländer in Bezug dieses Pelzwerkes keine genügende Sicherheit bieten, so kann ich um so weniger billigen, dass deutsche Heraldiker in blosser Nachäffung und ohne auch praktisch darüber nachzudenken, etwas Bedeutendes geleistet zu haben scheinen, wenn sie mit Unterdrückung der deutschen Bezeichnung „Eisenhütlein" von „Feh" (so nennen sie f. 81) und „gestürztem Pfahlfeh" (82) sprechen. Ich wäre begierig zu sehen, wie sie sich dann mit der Bezeichnung und Benennung der nebenstehenden Arten ihres „Veh" die unter die am häufigsten vorkommenden gezählt werden, zu Recht fänden. — —

Es ist hier nicht der Raum zu weitläufigen Deduktionen, und es wären um diesen Gegenstand genauer erörtern zu können, ausserdem noch eine so grosse Anzahl von Zeichnungen etc. nöthig, dass ich mich einfach darauf beschränken muss, hier meine Ueberzeugung dahin abzugeben, dass:

Die Eisenhütlein ein Heroldsstück sind, das ursprünglich aus den heraldischen Wolken (79, 80) entstanden, im XIV. und XV. Jahrhundert, aber nachdem der Gebrauch der wirklichen Eisenhüte (siehe unten f. 262) in Schwung gekommen, sich in seinen äusseren Konturen nach der Form dieser Eisenhüte ausgebildet und davon auch den Namen erhalten habe. *)

Zu dieser sicheren Ueberzeugung haben mich die ältern Siegel und Wappen zweier deutscher Geschlechter der Oettingen und Pappenheim gebracht, und ich werde an einem andern Orte ausführliche Beweise und Belege beibringen.

---

*) Nebenbei erwähne ich, dass Spener diese Eisenhütlein einmal für „Schilderhäuschen" erklärt, während sie bei der nemlichen Gelegenheit Oetter für „blaue Berge" definirt.

Die Eisenhütlein sind in ihrer heraldischen Farbe blau; die Feldfarbe ist in der Regel silber, Ausnahmen kommen bei deutschen Wappen weniger vor, als in französischen und englischen. Die Stellung der Eisenhütlein ist insgemein aufrecht. Sie kommen sowohl einzeln und gezählt, als gesät oder ungezählt in Schilden vor; im lezteren Falle sind sie jedoch wieder mit einer ornamentalen Regelmässigkeit geordnet, und ihre Aussenlinien zeigen das Karakteristische, dass zwischen zwei stehenden Eisenhütlein sich immer ein gestürztes von selbst ergeben muss.

Die gewöhnlichst vorkommenden Arten von Eisenhütlein sind:

    a) stehend (81),
    b) gestürzt (82),
    c) übereinander gestellt (83),
    d) übereinander gestürzt (84),
    e) gegeneinander gesezt (85),
    f) verschoben (86),
    g) gespalten (87) und
    h) durchschnitten (88).

Aus dem Eisenhütlein hat sich noch ein weiteres Heroldsstück herausgebildet, das ich zum Schlusse dieser Abtheilung hiehersezen will:

40) Die Theilung im Eisenhut oder der Eisenhutschnitt (89), von R. und S. mit dem Eisenhutschnitt schräggetheilt.

VI. Von den gemeinen Figuren im Allgemeinen.

Gemeine Figuren nennt man in der Wappenkunst alle diejenigen, die nicht zu den Heroldsstücken gehören. Die gemeinen Figuren sind, wie schon oben bemerkt, in ihrem heraldischen Gebrauche im Durchschnitt älter als die Heroldsstücke.

Ich theile die gemeinen Figuren ein in: natürliche (aus dem Thierreich, dem Pflanzenreich und den Himmelskörpern), in erdichtete (Unthiere oder Ungeheuer) und in künstliche (Gegenstände durch menschliche Erfindung und Arbeit hervorgebracht).

Alle in der Heraldik gebrauchten Figuren, die natürlichen sowohl als die künstlichen, werden in einer Weise dargestellt, die von derjenigen, wie wir sie sonst in der Welt zu sehen pflegen, wesentlich verschieden ist. Schon von den ersten Zeiten der Wappenkunst an hat sich eine gewisse ornamentale Auffassungs- und Darstellungsweise geltend gemacht, die jedem, auch dem unbedeutendsten Bilde, sobald dieses eine Stelle im Wappen erhielt, einen absonderlichen Tipus aufprägte, ohne welchen eine Figur dem Wappenkundigen und Wappenkünstler gegenüber keinen Anspruch auf Anerkennung als heraldische Figur haben konnte und kann.

Dieser ornamentale Karakter war wieder verschieden in verschiedenen Zeiten. Löwen, Adler etc., des XII. Jahrhunderts sind andere als die des XIV. und XV., ebenso z. B. Lilien, Blätter, Burgen, Schiffe u. s. w. von einander in etwas verschieden, je nach dem Jahrhundert in dem sie entstanden. Mit einigem Studium wird der Heraldiker nicht nur den obenerwähnten allgemeinen Tipus sondern auch die feineren Unterschiede nach Zeiten und Ländern sich eigen machen können*).

*) Die Kenntniss heraldischen Wesens und heraldischer Formen wird selbst von Künstlern grossen Namens nur zu sehr vernachlässigt; Beispiele hiefür können u. a. die neuen Wandgemälde unter den Arkaden und am Isarthor in München geben, wo neben ganz unhistorischen Trachten auch die Wappenstücke schrecklich maltraitirt erscheinen, und moderne Löwen, Theaterhelme — Stiefelwichserschilde u. s. w. in der nächsten Umgebung Otto's von Wittelsbach und Kaiser Ludwigs paradiren; und doch sind solche Fehler nicht viel geringer anzuschlagen, als wenn man vor Zeiten die Erstürmung Jerusalems mittelst Kanonen vor sich gehend malte.

Wenn ich daher das eben Gesagte wiederhole, so kann ich zugleich nicht anders, als die im vorigen und jezigen Jahrhundert üblich gewordene Auffassungsweise, vermöge welcher man jedes Thier, jeden Gegenstand möglichst getreu nach der Natur wiederzugeben sucht, unbedingt verwerfen. Es gehört in der That ein Heraldiker „von Gestern" dazu, der nicht einsehen müsste, dass wir mit solchen Grundsäzen uns der guten Zeit in der Wappenkunst gänzlich entfremden würden, abgesehen davon, dass diese Nachahmung der Natur eher Pfuschereien in dieselbe genannt zu werden verdienen, wenn wir, wie in den meisten neueren Wappenbüchern, Diplomen u. a. dgl. Pudel statt Löwen, schwindsüchtige Möpse statt Leoparden und halbgerupfte Hennen statt Adlern erblicken.

Mit dem Verfall der Heraldik im Allgemeinen gingen auch die guten Formen und das Verständniss heraldischer Figuren allmählig verloren, und es macht sich in dieser Beziehung auch die Erfahrung geltend, dass nach dem Ende des XVI. Jahrhunderts keine Form und keine Figur mehr sich zur Nachahmung als Muster eigne.

Wenn ich daher einestheils den Grundsaz aufstelle, dass man sich bei Darstellung heraldischer Figuren und Formen auch in unserer Zeit nur an die Vorbilder aus dem XII. — XVI. Jahrhundert halten könne und dürfe, so will ich damit anderntheils auch darauf aufmerksam zu machen nicht unterlassen, dass man dabei nicht in einen ähnlichen Irrthum gerathe — in den so manche unserer berühmten Künstler schon gerathen sind — Formen aus verschiedenen Zeiten in ein Wappen zu vereinen.

Schlüsslich muss ich hier noch den alten guten Saz aus der Wappenkunst anführen, der leider in unseren Tagen nur zu oft vergessen zu werden pflegt, dass jede heraldische Figur sich nach dem Felde zu schmiegen habe, in welches sie zu stehen kommt, und dass sie dieses möglichst ausfülle.

VII. Von den Figuren aus dem Thierreiche.

Es gibt wohl kaum ein Thier der alten Welt, das nicht schon einmal in einem Schilde Plaz gefunden hätte, aber es würde natürlich zu weit führen sie hier aufzuzählen, und ich halte diess um so weniger für nöthig, als durch die Karakterisirung einiger der häufigst vorkommenden unter denselben, sich dem Beobachter zugleich eine gewisse Norm für die Auffassung und Darstellung der übrigen ergeben wird.

Ich bemerke vorausgehend noch, dass, wie bekannt, sowohl ganze Thiere als einzelne Theile derselben, wie Köpfe, Füsse, Krallen, auch Leiber ohne Köpfe u. s. w. vorkommen, dass die Thiere sowohl einfach als bekleidet, geschmückt oder geziert erscheinen, so wie dass man in Bezug auf die Stellung der Thiere, die sizende, stehende, schreitende, laufende und aufspringende unterscheidet. Liegend erscheint in der alten Wappenkunst ein Thier niemals.

Ueberdiess kann jedes Thier in den Wappen in jeder beliebigen Farbe erscheinen, doch gibt es für die meisten derselben gewisse besonders gangbare Farben, und diese nenne ich beziehungsweise die heraldischen Farben, und werde sie, wo nöthig, besonders erwähnen.

Ich nenne in der Reihe der Wappenthiere vor allen:

1) den Löwen. Er zeigt sich immer aufspringend *). Seine Stellung ist eine wie sie in der Natur nicht leicht vorkommen wird, dass nämlich alle vier Pranken zugleich sichtbar und in Thätigkeit erscheinen. Sie zeigen in ihren Linien deutlich, dass man den Löwen als „grimmig" oder „zum Angriff geschickt" darstellen wollte, daher denn auch die Krallen, an jeder Pranke drei vorne

---

*) Vergleiche jedoch was hierüber unten beim Leoparden gesagt ist.

und eine Nagelkralle (letztere doch nicht immer) vorzüglich ausgeprägt gezeichnet wurden. In den allerältesten Beispielen finde ich diese Krallen oder Waffen noch in mehr direkter Weise mit der Pranke verbunden (90) *), während schon im XIV. Jahrhundert die Pranke immer mit drei Ballen in Form eines Kleeblattes schliesst, aus denen dann die Waffen hervorgehn. Nach und nach hat man endlich förmliche von einander gesonderte Zehen daraus gemacht (92, 93, 94). Der Kopf des Löwen erscheint ebenfalls sehr markirt, das Auge in der ältesten Zeit länglich, später rund, die Unterlippe unverhältnissmässig gross, später bei weit geöffnetem Rachen jedoch bedeutend kleiner als die obere. Der Rachen ist bald halb, bald ganz geöffnet, mit Zähnen bewaffnet, und lässt, jedoch in der ältesten Zeit selten, die Zunge vorstehen, welche Anfangs besonders dick, später aber in einer leichten Schlangenlinie gezeichnet wurde. Das Ohr ist in der Regel in gleicher Linie mit dem Rachen. Der Schweif ist wie der ganze Leib und die Pranken zottig, in den ältesten Zeiten zwei bis dreimal gebogen, doch immer so, dass die Endzottel gegen den Kopf des Löwen einwärts fällt, während die in Mitte des Schweifes angebrachten Haarbüschel nach der Aussenseite zu stehen. Nicht selten ist am Anfange des Schweifes auch ein Knopf oder Knoten angebracht (91).

Im XIV. Jahrhundert wird der Löwe allmählig schlanker gezeichnet, wozu nebst dem Schönheitssinn der Künstler auch die mehr viereckige Form der Felder beigetragen haben mag. Die Anklänge an die sogenannte byzantinische Zeit, wie sie z. B. noch bei (92) wahrnehmbar sind, verlieren sich allmählig und es kommen und nach jene pompösen und schwungreichen Konturen hervor, wie sie sich am Schlusse der eigentlichen heraldischen Zeit zeigen. Der Körper wird besonders gegen den Unterleib zu schlanker, der Kopf ist zurückgeworfen, der Rachen weit geöffnet mit vorgeschlagener Zunge, die Mähne fällt nur über die obere Hälfte des Körpers herab, die Krallen, Zotteln an den Pranken und dem Schweif, der in phantastischem Schwung hinter dem Rücken emporgeschlagen ist, werden markirter. Zu Ende des gedachten Jahrhunderts entstanden durch künstlerische Auffassung oder Ausschmückung die gespaltenen sogenannten Doppelschweife (93 u. 94), weil hiedurch die Gelegenheit vermehrt wurde, möglichst viele Zotteln anzubringen. Dass ein solcher gespaltener Schweif also zum Wesen irgend eines Löwen gehöre oder nicht gehöre, lässt sich hieraus nicht im Entferntesten abnehmen, er ist vielmehr blos eine karakteristische Beigabe zu allen Löwen der Schlusszeit in der Wappenkunst, und es konnte nur die Unwissenheit unserer neueren Heraldiker auf den lächerlichen Einfall kommen, in einer Blasonirung oder einem Diplome einen Löwen „mit doppeltgespaltenem über sich geschlagenem Schweif und Wedel etc." als etwas Besonderes zu bezeichnen und zu melden. Wer einen Löwen im Wappen führt, der mag ihm nach Belieben den Schweif einmal oder neunmal spalten lassen, er wird dadurch keinen heraldischen Fehler begehen, vorausgesetzt, dass die Zeichnung des ganzen Löwen aus der Zeit der Doppelschweife sei.

Besser als meine Beschreibung es vermag, wird sich der Karakter dieses Thieres in allen Perioden der ächten Wappenkunst, durch die Betrachtung nebenstehender Zeichnungen, denen die betreffenden Jahrzahlen beigefügt sind, anschaulich machen; der Leser wird sich thatsächlich überzeugen, dass der ornamentale Karakter in den heraldischen Figuren bei vorliegendem Wappenthiere schon kenntlich ausgedrückt sei, und wird bei weiterer Beobachtung denselben auch an allen übrigen folgenden Wappenfiguren erkennen und erfassen; er wird aber dann auch, wie ich hoffe, zu der Einsicht gekommen sein, dass unsere heutigen, polkatanzenden Pudel mit frommen Gesichtern, dicken Wansten und Kuhschweifen eben keine heraldischen Löwen seien.

Als heraldische Farben des Löwen lassen sich ♯, g., r. angeben, doch kommt der Löwe von allen Wappenthieren in seiner Farbe am meisten variirt vor. Um die Waffen (Krallen — manche rechnen hiezu auch Zähne und Zunge) eines Löwen besonders auszuzeichnen, hat man in der künstlerischen Praxis von jeher dem Grundsaze gehuldigt, diese mit anderer Farbe als den übrigen Körper zu bezeichnen, und zwar gilt hiebei als angenommen, dass wenn der Löwe gold oder silber, alsdann die Waffen blau oder roth, wenn der Löwe aber farbig ist, die Waffen gold

---

*) Einen ächtheraldischen Löwen aus dem Ende des XIII. Jahrhunderts siehe auch in meinem Wappenwerk I. Bd. Tafel 56.

oder silber (doch in jedem Falle abstechend von der Feldfarbe) sein sollen. Wir finden in der **That** Löwen mit blauen Zungen und Krallen, ebenso mit rothen und metallnen; es gibt aber hierin **keine so ganz bestimmte Regel, dass sie nicht durch die Laune eines Künstlers oder Wappenherrn könnte** umgangen werden, vorausgesezt, dass die Farben hierin nicht schon diplomatisch festgestellt worden seien. In Bezug der Zähne, so habe ich nur bei silbernen Feldern deren farbig gefunden, sonst aber werden sie wie das Auge fast durchgehends silber oder weiss gemalt.

Erscheint ein Löwe (oder auch ein anderes Thier) gekrönt, so gilt in der bessern Zeit die feste Norm, dass die Krone immer in senkrechter Linie, d. h. so auf dem Haupte size, dass sie mit der Längenachse des Schildes gleichläuft. In der schlechteren Zeit der Heraldik findet man aber nicht selten die Hauptkronen auf dem Hinterkopf befestigt, ähnlich wie die Münchner Riegelhauben getragen zu werden pflegen. Die Hauptkrone eines Thieres ist immer die einfache Helmkrone, wie unten bei den Kronen wird des Weiteren gezeigt werden. Eine falsche und unheraldische Schmeichelei war es, die es im vorigen und jezigen Jahrhundert dahin brachte, dass man Wappenthiere mit geschlossenen oder Bügelkronen bedeckte, wie dessen in unsern neuern Wappenbüchern genug Beispiele zu finden sind z. B. Hessen-Darmstadt etc. —

Dem Löwen zunächst steht:

2) der Leopard. Er wird, nach den Kennzeichen die man ihm jezt beilegt, schreitend dargestellt, das ganze Gesicht nach vorne gekehrt, die eine Vorderpranke erhoben und den Schweif über dem Rücken tragend (96). Im Uebrigen und in den Einzelnheiten wie der Löwe, nur dass der Rachen, weil von vorne gesehen, andere Linien zeigt, die in den besseren Mustern durchaus die Form eines Mühleisens haben, gleichviel ob dabei die Zunge ausgeschlagen ist, oder nicht.

Ich habe nicht genau ermitteln können, wo und wann für die so gezeichnete Figur der Name Leopard eingeführt worden, er ist aber sicher nicht älter als das XV. Jahrhundert. Da er sich jedoch in unserer Heraldik einmal eingebürgert hat, so will ich es dabei belassen, kann aber nicht umhin hier auszusprechen, dass ich an einen Unterschied von Löwe und Leopard in der ächten alten Wappenkunst nicht glaube. Meiner Ueberzeugung nach hat blos der Umstand, dass man für den gegebenen Fall zwei Löwen übereinander zu stellen, hiezu im Schilde nicht den passenden Raum finden konnte, dazu geführt, dieselben, statt aufgerichtet, schreitend übereinander zu sezen. Die Wendung des Gesichts nach vorne, sowie das Aufschlagen des Schweifes ist kein ursprüngliches Kennzeichen, denn ich finde alte braunschweigische Siegel, in denen die „Leoparden" den Kopf gleich den Löwen nach der Seite kehren, und schwarzburgische Wappen, in denen der Löwe mit dem ganzen Gesicht nach vorne sieht, ebenso auch hohenlohe'sche Siegel in denen die „Leoparden" den Schweif eingezogen tragen (95).

Da aber dennoch einmal die wenn auch unbegründeten Unterscheidungs-Merkmale zwischen den zwei Wappenthieren, oder besser demselben Thier in zwei verschiedenen Darstellungsweisen, eingeführt worden sind, so muss man, um sich für solche Ausnahmen wieder mit Ausnahmen zu behelfen, den mit dem Gesichte nach vorne gekehrten Löwen einen „leopardirten Löwen" (97) und den mit dem Gesichte seitwärts gekehrten Leoparden einen „gelöwten Leoparden" (98) nennen. NB. Gatterer &. Comp. verwechseln diese beiden lezteren Begriffe; denn da (97) offenbar ein Löwe vom Leoparden nur die Gesichtswendung hat, so ist der Löwe die Hauptsache; umgekehrt gilt dasselbe beim Leoparden.

3) Der Adler ist nächst dem Löwen das weitverbreitetste Wappenthier. Wenn manche unserer modernen Heraldiker ihrer Meinung gemäss jedes Thier „möglichst naturgetreu" abgebildet wissen wollen, und die „Missgestaltung" des heraldischen Löwen damit entschuldigen, dass sie sagen, man habe diess Thier in den ersten Zeiten der Wappenkunst nicht genugsam gekannt, um es richtig und naturgetreu zeichnen zu können*), — so gerathen diese Herren bei vorliegendem Wappenthier,

---

*) Vor nicht zu langer Zeit ward einem Künstler von Seite eines Heroldenamts-Vorstandes der Auftrag, das Wappen für ein neu anzufertigendes Diplom zu malen. Gedachter Künstler, in heraldischen Formen gut bewandert, wollte sein Bestes thun und malte das ganze Wappen, insonders die Thiere ächt wappenmässig. Als er nun

dem Adler, wirklich in einige Calamitäten. Der Adler ist ein in unsern Bergen heimisches Thier. Unsere Vorfahren kannten ihn und sahen ihn gewiss oft genug, um ihn, wenn sie das bezweckt hätten, „naturgetreu" abkonterfeien zu können, und dennoch — sieht schon der älteste heraldische Adler anders als ein natürlicher! — —

Ich muss gleich zu Anfang die Aufstellung Gatterer's & Comp. bestreiten, nach welchen der Adler in den Wappen als „auf dem Rücken liegend" erscheine. Wie überhaupt kein heraldisches Thier liegend gezeichnet wird, so insbesondere auch nicht der Adler. Seine Stellung in den Wappen ist vielmehr die sizende, mit dem Nebenbegriff der Wehrhaftigkeit oder des Angriffs. Desshalb erscheinen die Flügel erhoben, die Krallen wie mit grosser Kraftäusserung von sich gespreizt und der Kopf mit dem Schnabel nach der Seite des Angriffs gewendet.

Diesen Karakter finden wir in allen Wappenadlern der bessern Periode ausgedrückt, und nur die ornamentale Auffassung des Thieres selbst ist verschieden in verschiedenen Jahrhunderten. Kopf, Leib und Schweif sind bei den älteren Adlern in fast gerader Linie, die Flüge halbkreisförmig zu beiden Seiten erhoben, die Schwingen, drei oder vier zu jeder Seite, senkrecht abfallend mit weniger Krümmung am Ende. Ingleichen erscheint bei den älteren Adlern der Schnabel mehr nach aufwärts gestellt, meistens geschlossen; am Halse machen sich die sogenannten Fäden, drei Federn bemerkbar, von denen die beiden äussern zu den Seiten abstehen. Die Krallen sind unverhältnissmässig gross und zeigen vier Zehen; der Schweif enthält nur wenige simmetrisch geordnete Federn, die nicht selten wie die Löwenschweife aus einem Knopf oder Knoten hervorgehen. Das Gefieder ist immer möglichst gleichartig und fleissig über das ganze Thier gezogen (99, 100).

So die älteren Wappenadler. Im XV. und XVI. Jahrhundert hat sich auch bei dieser Figur der künstlerische Verschönerungssinn geltend gemacht, und wir finden namentlich den Schweif oft zierlich ornamentirt, den Kopf zurückgeworfen, den Schnabel mehr gerade, geöffnet und mit vorgeschlagener Zunge. Zwischen den einzelnen Schwingen der Flüge zeigen sich häufig lange Fäden, und ähnliche gekräuselte an allen Vorsprüngen der oberen Seite des Fluges (101, 102).

Die in ihrer Art einzige Auffassungsweise des Adlers berechtigt zu dem auch in der Erfahrung bestätigten Saze, dass man jeden in der vorbeschriebenen Art vorgestellten Vogel als einen Adler zu betrachten habe, er möge von Farbe sein, von welcher er wolle, dass dagegen aber auch kein anderer Vogel in dieser Gestalt in Wappen aufgenommen werden dürfe. Gänzlich unheraldisch sind die Darstellungen „fliegender" Adler in Wappen, z. B. von Russland, oder der antiken römischen, wie z. B. der napoleonischen[*]) Adler.

Eine heraldische Farbe lässt sich für den Adler nicht leicht angeben. Man trifft aber meistens #, s. und r. Adler.

In Bezug der Waffen gilt im Allgemeinen dieselbe Regel wie bei den Löwen, doch findet man in der Regel dieselben golden, was namentlich bei dem deutschen Adler immer der Fall ist, obwohl derselbe im g. Felde steht. Um in diesem Falle die Waffen von der gleichen Farbe des Feldes abstechend zu machen, hat man sie (ebenso wie die g. Hauptkronen auf g. Grund) in den ältesten Zeiten dadurch markirt, dass man sie mit dunkleren, # oder r. Strichen förmlich einfasste; später malte man sie aber blos von lichterer Farbe. Bei einem schlesischen Adler vom Jahre 1295 habe ich den Schnabel und selbst das Auge ganz #, die Krallen dagegen r. gefunden.

---

seine Arbeit abliefern wollte, sah er zu nicht geringem Erstaunen, wie der Herold bleich vor Schrecken wurde beim Anblick heraldischer Löwen, und die Hände über den Kopf zusammenschlagend endlich in die Worte ausbrach: Ja sind denn das auch Löwen, sehen den Löwen so aus, haben Sie noch nie einen Löwen gesehen? — — Mich reut nur das schöne Pergament für solche Löwen!! —

[*]) Ueber die neue französische Heraldik, die sogenannte napoleonische, liesse sich überhaupt viel erzählen. Wenn ihr Erfinder auch ohne Zweifel ein grosser Mann war, so bestätigte er gerade durch diese Erfindung den Erfahrungssaz, dass auch grosse Männer nicht in Allem gross zu sein pflegen. Seine Heraldik ist in der That die ausgeprägteste Missgeburt in diesem Fach, und nimmt sich gegenüber der ächten, alt-französischen Heraldik, die unter den gediegensten der alten Welt Plaz nimmt, wie ein maskirter Affe neben einem Menschen aus. Sutor ne ultra crepidam. — —

Es kommen in Wappen nicht selten einzelne Flüge als Schildesfigur vor; diese werden dann in der Regel wie f. 103 dargestellt. Die Enden des Fluges oder resp. Flügelarmes in ihrer kleeblattförmigen Gestalt, wurden in späteren Zeiten nicht selten gänzlich missverstanden, und man hat allerlei wunderliches Zeug daraus gemacht, wie z. B. die v. Platen angesichts ihrer uralten Siegel in neueren Zeiten Kazenköpfe als Schluss der Flüge führen.

4) Ausser dem Löwen finde ich von ausländischen Vierfüsslern blos mehr den Elefanten in deutschen Wappen. Es ist nicht unwahrscheinlich, dass dies Thier uns zuerst durch die Italiener bekannt worden sei (schon 1234 führt Tommaso di Savoia einen Elefanten im Siegel), allein wann er in Deutschland Eingang gefunden, lässt sich mit Sicherheit nicht bestimmen. Die berühmten Grafen von Helfenstein führten schon im XIV. Jahrhundert einen „Helfanten" im Schild, allein es scheint mir hier das Wappenbild erst in späterer Zeit dem Namen entsprechend gefunden worden zu sein; dagegen führt 1396 schon das Geschlecht der rheinischen Overstolz einen Elefantenkopf als Kleinod.

Die heraldische Zeichnung des Elefanten hat sich in ihrer Ornamentirung ausschliesslich auf Ohren und Rüssel geworfen, welch erstere fächerartig und gezackt, lezterer aber immer vielfach gegliedert und schneckenförmig gekrümmt erscheint (104). Bei dieser Gelegenheit erlaube ich mir auch die bekannten Holzschnitte Albrecht Dürers anzuführen, der, obwohl der Wahrscheinlichkeit nach ihm ein lebendes Exemplar dieser Thiere einmal vor Augen gekommen sein mag, dennoch ganz die heraldische Darstellungsweise beibehalten hat. —

Die heraldische Farbe des Elefanten ist weiss oder silber. —

Ich will nun weiter einige unserer inländischen Thiere, die am häufigsten in Wappen erscheinen, aufführen, und nenne:

5) Den Eber. Er erscheint immer in kampfbereiter Stellung, d. h. mit eingezogenem Kopf, aufstehenden Rückenborsten und die Füsse gestemmt. Der Eber zeigt sich in seiner heraldischen Farbe #, und man malt ihm die Rückenborsten, Hauer und Klauen abstechend, g., r. oder s. (105). Säue werden in der Regel aufspringend dargestellt.

6) Der Bär erscheint immer besonders plump gezeichnet mit spiziger Schnauze und vorhängender Zunge, bald schreitend, bald aufspringend. Seine heraldische Farbe ist #. Die Krallen werden g. oder r. gemalt (106).

7) Der Edelhirsch kömmt entweder aufspringend oder stolzschreitend (107) in Wappen vor. Im ersteren Falle stehen nicht selten die Hinterläufe beisammen, was ausser bei diesen Thieren auch noch bei Hunden, Wölfen, Füchsen u. a. vorzukommen pflegt.

Es ist eine Kleinlichkeit der neueren Herolde und Heraldiker, an den Hirschstangen (Geweihen) die Enden abzuzählen und besonders zu nennen; in der alten Wappenkunst hat man solche Dinge nicht gekannt und es dem Künstler überlassen, so viele Enden zu machen als ihm gelegen war. Bei springenden Hirschen finde ich die heraldisch-eigenthümliche Darstellung der Stangen wie (109) häufiger als diejenige gewöhnliche, wie man sie bei schreitenden Hirschen darzustellen pflegt.

Dammhirsche habe ich in alten Wappen noch nicht gesehen, dagegen ein Beispiel von Elenthieren (Kurland). Desgleichen sind Rehböcke nicht heraldisch.

Hindinnen und Rehgaisen unterscheidet man in der Heraldik nicht. Neigt ein Edelwild den Kopf zum Boden, so nennt man es äzend.

Die heraldische Farbe des Edelwilds ist r., # und s.

Einzelne Hirschstangen werden immer mit dem Grind (Hirnschale) am untern Theile dargestellt. Der leztere hat immer die Kleeblattform (108).

8) Der Steinbock (110). eines unserer Gebirgsthiere, zeichnet sich vor andern durch riesige, an einer Seite knorplichte Hörner aus. Man nimmt altem Herkommen gemäss an, dass ein heraldischer Bock gewöhnlich einen Steinbock zu bedeuten habe, und zeichnet desswegen auch alle Böcke mit verhältnissmässig grossen Hörnern. Ingleichen nimmt man einzelne Hörner in Wappen, sie mögen von Farbe sein wie sie wollen, für Steinbockshörner an.

Die heraldische Farbe des Steinbocks ist # und s.; die Waffen (Hörner und Klauen) werden abstechend gemalt.

Die Gemse kommt in ihrer heraldischen Stellung stehend „auf der Lauer" d. h. alle vier Läufe keilförmig zusammengestellt, vor. Springt sie, so hat sie wenig Unterscheidendes vom Steinbock.

9) Der Wolf (111) und

10) Der Fuchs (112) sind, besonders in neueren Wappen, schwer zu unterscheiden. In den besten Mustern aber finde ich als karakteristisch, dass der Wolf die Stellung des Löwen zeigt, die Zähne und Krallen weist, während der Fuchs den Rachen geschlossen und den Schweif abwärts hält, überhaupt auch mehr in springender als angreifender Stellung erscheint. Da besonders im XVI. und ff. Jahrhunderten die Wappenzeichner jedoch nicht mehr so genau zwischen diesen beiden Thieren unterscheiden, so muss man sich nicht selten auf den traditionellen Namen in einem besondern Wappen verlassen. Es ist schon vorgekommen, dass man Füchse und Wölfe für Eichhörner erklärte; leztere sollen aber in der Heraldik nur sizend, mit erhobenen Wedel und mit den Vorderpfoten nagend abgebildet werden. Ihre heraldische Farbe ist # und r.

Die heraldische Farbe des Wolfes ist #, r. und s., die des Fuchses immer r.

11) Der Widder (113) erscheint springend und schreitend, und wird mehr als nöthig durch seine Hörner kenntlich gemacht. Seine heraldische Farbe ist # und s., die Waffen abstechend.

12) Der Biber (114) kommt meines Wissens nur aufspringend vor, wird # und r. gemalt und zeigt als karakteristisches Merkmal den dicken Schweif förmlich gerautet, nicht selten mit ganz absonderlichen Farben, z. B. r. und s. oder b. und g. An den Pfoten sind die Schwimmhäute sichtbar gezeichnet.

13) Der Stier und der Ochse (115) erscheinen häufig in Wappen; der erstere zeichnet sich durch einen dickern Kopf und halbmondförmige Hörner aus, der leztere trägt zweimal gebogene Hörner. Der Kopf ist bei beiden eingezogen und die Stellung wie zum Stosse bereit. Den Kopf des Urs sehen wir im mecklenburgischen Wappen.*) Die Farbe des Stiers ist #, die des Ochsen # und r. Dass von dem Ochsen der Lausitz verlangt wird, er solle einen weissen Bauch haben, finde ich abgeschmackt, da solche Erfordernisse in der alten Wappenkunst bei gar keinem Thiere vorkommen, und derlei Dinge überhaupt blos Ausflüsse der Ueberängstlichkeit unserer neueren Blasonisten sind. Dagegen lässt die heraldische Zeichnung und Malerei der neueren Ochsen nichts zu wünschen übrig, als die Begleitung eines Hundes und eines Mezgers, um einen naturgetreuen Gaigang darzustellen.

14) Das Ross oder Pferd (116) erscheint in der Regel springend (galloppirend), den Kopf eingezogen, Mähne und Schweif fliegend, ganz ledig. Hat es ein Kopfgeschirr, so werden dessen Enden fliegend dargestellt. Sättel finden sich äusserst selten bei heraldischen Pferden; dagegen haben einige neuere Herolde sich soweit in die Kultur vertieft, dass sie Pferde mit Stuzschweifen in Schilde aufnahmen.

Die heraldische Farbe der Rosse ist # oder s. Esel kommen aufspringend vor in # und s. Farbe.

15) Der Bracke (117),

16) Der Wind oder das Windspiel (118), und

17) Der Rüde (119), unterscheiden sich dadurch, dass der erstere immer breite, hängende Ohren, der zweite lange aufstehende oben übergeschlagene, und der dritte kurze geschnittene Ohren trägt. Ausserdem haben der Bracke und der Wind gewöhnlich ein farbiges oder metallenes, der Rüde aber immer ein stachlichtes Halsband (sog. Korallen).

Alle drei Hundgattungen erscheinen aufspringend, mit aufgeschlagenem Schweif, der Bracke auch schreitend und suchend (Leithund), der Rüde und Wind auch auf den Hinterfüssen sizend.

Die heraldische Farbe der Bracken und Winde ist # und s., die der Rüden r.

---

*) Wappenbuch I. 4. Hft. Taf. 66.

18) Um schlüsslich noch von den zweibeinigen Vierfüsslern, den Menschen, zu sprechen, so kommen selbe in unsern modernen Wappen in den verschiedensten Stellungen und Handthierungen vor; nicht nur Theaterritter und Bauern, Nachtwächter, Nonnen, Fischer und Bergknappen, Tartaren, Heiducken, Türken und Baschkiren, sondern auch Merkure, Fortuna's und andere heidnische Notabilitäten. Nächstens werden wir wohl auch noch erleben, in Adelsdiplomen Livreebediente, Invaliden, Polizeidiener oder Schuhmacher, Holzhacker, Bezirksboten und dergleichen als Wappenfiguren zu erblicken, wenigstens soll vor nicht langer Zeit einmal bei einem gewissen Heroldenamte in Vorschlag gebracht gewesen sein, einem Adspiranten als Namens-Anspielung zwei Figuren (wahrscheinlich im schwarzen Frack) in's Wappen zu sezen, wovon die eine der andern ein geöffnetes Kistchen überreicht, das ebenso gut ein Schazkästlein als eine Schnupftabaksdose vorstellen konnte. — Zu den Ausgeburten der neuen Heraldik gehört auch die, ich möchte sagen ordinäre, Manier abgehauene Türken- und Heidenköpfe möglichst täuschend mit Blutstropfen ausgeschmückt, in Wappen zu sezen.

Um jedoch auf die alte Heraldik überzugehen, so gebrauchte sie menschliche Figuren und Rümpfe, erstere gewöhnlich mit ausgespreizten Füssen und aufgestemmten Armen (120), oder auch mit erhobenen Armen und gekreuzten Füssen (121) stehend, leztere auch im Schilde (122), am häufigsten aber als Kleinode. Bei der grossen Mannigfaltigkeit der Darstellungsweise menschlicher Figuren und Körpertheile lässt sich eine allgemeine Regel über dieselbe nicht geben, und wird sich die Auffassung des heraldischen Tipus derselben am Besten durch häufiges Beobachten guter Originalien ergeben.

Ich erwähne von Wappenthieren weiter:

19) Den Schwan (123). Seine heraldische Farbe ist silber, und man malt die Waffen abstechend ⚌ oder r.

20) Der schwarze Schwan oder die Uttenschwalbe (124). Von diesem alten und seltenen Wappenthiere siehe das Ausführlichere bei den v. Closen (Bayr. Adel II. Bd. Hft. 2. S. 29. Taf. 26.)

21) Der Kranich (125), der Storch und der Reiger erscheinen in den Wappen einander so ziemlich ähnlich. Ihre heraldische Farbe ist silber oder weiss; die Waffen r. oder ⚌. Hat ein solches Thier hinten am Halse einen Schopf, so ist es sicher für einen Reiger zu nehmen, trägt es aber in der einen erhobenen Kralle einen Stein oder ein Ei, so wird das als karakteristische Beigabe des Kranichs genommen. Der Storch steht nicht selten auf beiden Beinen mit eingezogenem Hals. Erscheint eines dieser drei Thiere gekrönt, so ist der Kronenreif nicht oben auf den Kopf gesezt, sondern um den Hals gelegt (126). Der Storch endlich kommt nicht selten in der bekannten Stellung vor, wo er den Kopf und Hals zurückzieht und in sich selbst versunken dasteht (126). Der Strauss ist kein altheraldisches Thier. Er wird übrigens mit wenigen Unterschieden gleich dem Kranich oder Reiger dargestellt.

22) Der Rabe (127) erscheint oft in Wappen, entweder wie neben mit erhobenen Flügen, doch in Stellung und Form vom Adler unterschieden, oder sizend mit anliegendem Gefieder, in welch lezterem Falle er irrigerweise schon öfters für eine ⚌ Gans erklärt wurde.

23) Der Sittich oder Papagei (128) kommt schon sehr frühe vor, im Schilde und als Kleinod. Seine Farbe ist durchweg gr. und er trägt als besondere Beigabe immer ein r. oder g. Halsband. Die Waffen ⚌ oder r.

24) Die Eule oder der Schuhu (129). Ihre Farbe ist r., Waffen g.

25) Der Hahn (130) wird in streitfertiger Stellung gezeichnet, Waffen und Sporen g. oder s. Kamm und Lappen r., der Schweif mit wenigen Federn und Fäden.

Die Farbe des Hahnes ist ⚌, s. und r.

Die Hahnenfedern sind für sich allein häufig als Kleinod verwendet. Die Unwissenheit oder Bessermacherei hat hieraus (wie z. B. bei den v. Gimnich) in späteren Zeiten Schilfrohr oder Gras gemacht.

Ausser den Hahnenfedern erscheinen in Wappen, besonders auf Kleinoden, noch Pfauenspiegel und Straussenfedern; leztere sind jedoch von diesen drei Gattungen unbedingt für die jüngsten zu halten.

Die Lieblings-Wappenbilder der Zopfzeit, der Phönix und der Pelikan, sind als gänzlich unheraldische Thiere auch gänzlich zu verwerfen. —

Von Fischen erwähne ich:

24) Die Barben (131), gewöhnlich zu zweien mit dem Rücken widereinandergekehrt. Bei allen Fischen in der Heraldik hat sich die künstlerische Behandlung hauptsächlich auf eine besondere Ornamentik der Flossen geworfen, welche gleich den Waffen der Thiere mit abstechenden Farben gemalt zu werden pflegen.

Die Farbe aller Fische ist b. oder s., die der Waffen g. oder r.

25) Die Forelle (132) kommt in Wappen für sich allein vor. Sie ist stark gekrümmt und ganz mit rothen Punkten besät. Die Flossen der Forelle sind r.

26) Der Delphin (133) hat ebenfalls seine besondere Form, und zeichnet sich durch die Bart- und Rückenflossen aus. Der Delphin wird auch g. gemalt mit r. oder b. Flossen. Die Art, wie man in neuerer Zeit den Delphin in Wappen vorzustellen pflegt, ist gänzlich unheraldisch.

Ich erwähne hier noch, dass man die Fischhaut in der älteren Heraldik nicht selten gleich dem Pelzwerk zum Ueberziehen von Feldern und Heroldsfiguren gebrauchte, und dass sie alsdann gewöhnlich r. oder s. gemalt mit deutlicher Zeichnung der Schuppen erscheint. — —

27) Die Schlange (134) kommt in älteren Wappen nur aufgerichtet, zum Sprunge geschickt, vor. Ihre heraldischen Farben sind b. und gr. —

Von Seethieren kommen vorzüglich zwei:

28) Die Jakobsmuschel (135), ihre Farbe ist r., g. oder s. und

29) Der Meerschneck (136) vor. Lezterer hat gewöhnlich die Ehre, von unseren Heraldikern und Herolden für ein Füllhorn erklärt zu werden. Von einem gewöhnlichen Steinbockshorn etc. ist er durch die abwechselnden Farben, grösstentheils r. und g., sowie dadurch, dass es am einen Ende den sogenannten Grind nicht hat, leicht zu unterscheiden.

Von Insekten nenne ich den Schröter oder Hirschkäfer, von dem die in der Heraldik so benannten Schröterhörner herstammen sollen (die aber meines Erachtens nichts weniger als das sind, dessen Namen sie tragen, sondern einfach ornamentirte Blätter, wie ich weiter unten zeigen werde) und der Skorpion. Diess leztere anmuthige Insekt findet sich in italienischen und französischen Wappen nicht selten, in deutschen dagegen meines Wissens nie.

30) Der Krebs (137). Dieser wird immer gesotten, d. h. roth, in den Wappen gefunden, mit ausgestrecktem Schweife, Scheeren und Füssen, obwohl bekanntlich die Krebse beim Sieden diese Extremitäten einzuziehen pflegen.

VIII. Von den Figuren aus dem Pflanzenreiche.

Was ich zu Anfang des Kapitels über die Karakteristik der heraldischen Figuren schrieb, gilt insbesondere auch von dieser Abtheilung, den Figuren aus dem Pflanzenreiche.

Die heraldischen Bäume, Aeste und Zweige, die Blumen und Kräuter unterscheiden sich, wie hier ersichtlich werden wird, von ihren Vorbildern in der Natur wesentlich, ja manche sind für den Nichtkenner dadurch räthselhafte Figuren geworden. Heraldische Bäume tragen das Kennzeichen ihrer Vorbilder nur in den Blättern, Früchten und Blüthen, darum ist der Stamm derselben meistens dünn, gerade aufsteigend mit wenigen symmetrisch vertheilten Aesten, von denen wieder wenige, unverhältnissmässig grosse Blätter, Früchte oder Blüthen vertheilt sind. Die älteste

4

heraldische Darstellungsweise gab den Baum immer als „ausgerissen", d. h. mit den Wurzeln am Ende des Stammes; erst die neuere Heraldik hat die sogenannten „wachsenden", d. h. aus einem Berg oder Schildesfuss hervorkommenden, die neueste Wappenkunst aber hat die „natürlichen" aber natürlich ganz unheraldischen Bäume erfunden, wie wir dessen genug Beispiele in den modernen Wappen finden.

Von den heraldischen Bäumen sind vorzüglich vier Arten im Gebrauch, der Linden-, Eich- und Fruchtbaum und die Birke.

1) Der Lindenbaum (138). Seine Blätter sind herzförmig, entweder gr. oder r. (herbstlich). Bei gr. Blättern pflegt man zuweilen auch Blüthen zwischen dieselben zu setzen, diese sind dann in der Regel g., die Stämme malt man #, oder r.

2) Der Eichbaum (139), wird mit oder ohne Früchte dargestellt. Die Blätter sind g., die Eicheln in ihrer heraldischen Farbe g. mit gr. Kapseln.

3) Der Fruchtbaum (140). Da man beim Fruchtbaum vorzüglich seine Frucht kenntlich machen will, so werden die beiden gewöhnlichst vorkommenden Früchte, Kirschen und Aepfel möglichst gross gezeichnet und wie die Blätter simmetrisch vertheilt. Heraldische Aepfel sind g., Kirschen r. Nur an diesen Farben der Früchte werden in der Regel Aepfel und Kirschbäume unterschieden.

Der wilde Kirschbaum (141), wird in Wappen durch seine besondere ornamentale Auffassung von den anderen Fruchtbäumen kenntlich gezeichnet. Seine heraldische Farbe ist s.

4) Die Birke (142), wird wahrscheinlich damit sie oder besser ihr Laub von den übrigen heraldischen Bäumen sich leichter unterscheide, als ein g. oder gr. Busch von Blättern, an einem weissen oder s. Stamm dargestellt.

Aeste und Zweige unterscheiden sich in der Wappenkunst dadurch, dass die erstern in der Regel ein abgeschnittenes Stück Holz mit abstehenden oder abhängenden Blättern und Früchten, die letzeren aber als einfach verschlungene mit Blättern gleichmässig besetzten Stengel erscheinen z. B.

5) Ein Eichen-Ast mit Blättern und Früchten (143) und

6) ein Lindenzweig (144).

Dürre Aeste erscheinen ohne Laubwerk, und man nennt sie, wenn sie # gemalt sind, auch verkohlte Aeste oder Kohlen. Steigen aus den Enden dürrer Aeste Flammen hervor, so nennt man sie nicht Kohlen, sondern Brände. —

Von Pflanzen finden sich in der älteren Wappenkunst:

7) die Mooskolben (145), sie sind #, kommen mit oder ohne Blätter vor, und stehen entweder zu dritt nebeneinander oder sie liegen gekreuzt übereinander.

8) Die Distel (146), in der Regel für sich allein mit simmetrisch vertheilten Blättern dargestellt. Die heraldischen Farben der Blüthe sind r. oder. s.

9) Das Farrenkraut (147). Diese in den Bergen heimische Pflanze wird in der Heraldik dargestellt als ein Stengel mit zwei oder vier zu beiden Seiten vertheilten länglichen und faserigen Blättern. Die Farbe ist gr. oder g.

Von Blumen finden sich vorzüglich drei:

10) Die Rose (148). Sie ist die Wald- oder Heckenrose, einfach mit fünf r. Blättern und zwischen denselben hervorstechenden gr. Puzen und g. Saamen. Die sogenannten gefüllten Rosen sind weit späteren Ursprungs, werden aber auch nicht anders als ornamental dargestellt. Die heraldische Farbe der Rosen ist r. (nicht rosenroth) und s. „Natürliche" Rosen in der Heraldik gibt es nicht, oder soll es wenigstens nicht geben.

11) Die Lilie ist neben der Rose die am meisten in der Heraldik gebrauchte Blume. Sie ist die ornamentirte gelbe Wasserlilie, wie sie an den Ufern der Loire im Wasser wächst, und von der wir in den sogenannten Schwertlilien eine Abart besizen.' Es gehört bei genauer Betrachtung dieser natürlichen Wasserlilie sehr wenig Einbildungskraft dazu, ihre heraldisch-ornamentirte Gestalt herauszufinden. Wir haben die Lilie jedenfalls von den Franzosen entlehnt, denn dort ist sie schon in den ältesten Zeiten als Wappenfigur benüzt worden, während ihr Gebrauch in Deutschland weit

jünger ist. Ich gebe hier neben drei Formen der Lilie v. J. 1192 (149), 1417 (150) und 1597 (151).

Wegen ihrer passenden Form wurde die Idee der Lilie im XVI. Jahrhundert auch bei Hellparteneisen angewendet; wenn aber Gatterer gerade umgekehrt den Ursprung der Lilie von den Hellparten ableiten will, wo er sagt: „ich glaube der Anfang der heraldischen Lilie ist in den Zeughäusern zu suchen", dann hat er gewiss ebenso recht, als wenn er gesagt hätte, die Stadt Göttingen verdanke ihren Namen den berühmten Göttinger Würsten. —

„Natürliche" Lilien kommen .in der alten Heraldik nicht vor, wie den überhaupt die Nelken, Hyazinthen, Gelbveigelein etc. alle erst durch die Erfindungsgabe der modernen Heraldiker und Herolde in die Wappen gelangten.

Von Blättern finden sich ausser Linden- und Eichenblättern, hauptsächlich zwei: das Kleeblatt und das Seeblatt.

12) Das Kleeblatt wird in der Regel ohne Stiel abgebildet (152 oben) und hat die Form eines Dreipasses. Seine Farbe ist gr. Sogenannte natürliche Kleeblätter sind drei herzförmige gr. Blätter mit den Spizen in Form des Dreipasses zusammengestellt (152 unten); und kommen auch in alten Wappen schon vor.

13) Das Seeblatt (153, 154) hat die Form eines Herzes, und erscheint in der Regel in Form eines gestürzten Dreipasses durchgeschlagen. Die Entstehung dieser Darstellungsweise verdanken wir ebenfalls dem ornamentalen Sinn der alten Wappenkünstler, die um die Fläche des Blattes zu verschönern, anfangs eine Art Damaszirung darauf anbrachten (wie ich dessen ein deutliches Beispiel an einem alten Gumpenberg'schen Wappen gefunden), woraus später durch Missverständniss der ausgeschlagene Dreipass wurde.

Wie man jedoch dazu kommen konnte, solche durchgeschlagene Seeblätter, wie im Wappen von Engern, „Schröterhörner" zu nennen, ist nicht wohl erklärlich.

Die heraldische Farbe der Seeblätter ist g., gr. oder. r.

Ob das das im schaumburg'schen oder holstein'schen Wappen vorkommende „Nesselblatt" wirklich ein Blatt vorstellen solle, getraue ich mir nicht zu behaupten. Den ältesten Siegeln nach schon, ist es nicht sehr wahrscheinlich, weil sich nirgends die Zacken oder Spizen zu beiden Seiten zugleich zeigen. Uebrigens will ich nicht absprechen, dass man doch irgend ein natürliches Blatt ursprünglich dabei könne im Auge gehabt haben.

Von Früchten nenne ich:

14) Trauben (155). Diese werden mit wenigen, aber unmässig grossen Beeren mit oder ohne Blätter abgebildet. Ihre Farbe ist b. oder gr., die Blätter selbst haben eine heraldische Form, die von der natürlichen etwas abweicht.

15) Die Granatäpfel (156) sind g. mit einer Krone oben, und in der Regel aufgesprungen oder geschnitten, so dass man das innere r. Fleisch sieht.

Aehnlich den Granatäpfeln sind unsere

16) Mohnköpfe oder Magenkolben, doch werden diese nicht als aufgesprungen gezeichnet. Ihre heraldische Farbe ist gr. oder g.

17) Die Zirbelnuss (157), ähnlich dem Tannzapfen, ist g. mit gekreuzten Linien. Die Augsburger nennen die Zirbelnuss in ihrem Wappen „die Stadtpyr".

IX. Von Himmels - und Erdkörpern.

Von den erstern sind in der Heraldik schon seit den ältesten Zeiten gebräuchlich, Sonne, Mond und Sterne, jedes derselben in seiner bestimmten und festgültigen Darstellungsweise, als Wappenbilder anerkannt.

1) Die Sonne (158) erscheint immer als eine runde Scheibe mit radial abstehenden Strahlen, 16 an der Zahl, von denen abwechselnd immer der eine geflammt, der andere gerade ist. In die Scheibe der Sonne wird ein Gesicht, resp. Augen, Nase und Mund gezeichnet. Die modernen „natürlichen" Sonnen in Wappen sind ganz unheraldisch.

Die Farbe der Sonne ist g.

2) Der Mond (159) erscheint nie voll, sondern immer entweder zu- oder abnehmend, als eine s. Sichel, auf deren Innenseite sich ein g. Gesicht in Profil zeigt. Zwar finden sich in alten Wappen auch schon farbige Monde mit den Hörnern, sowohl nach rechts und links, als auch nach oben und unten gekehrt, allein solche werden nur als Mondssicheln (ohne Gesicht) betrachtet und genannt; will und wollte man aber den natürlichen Mond in den Wappen wiedergeben, so hat er die obgenannte Form und Farbe.

3) Die Sterne (160 auch 20 u. 20*) werden sechsstrahlig, die einzelnen Strahlen möglichst schlank und spizig gezeichnet, und abgekantet (fassettirt).

Die fünfstrahligen unschönen Sterne der Franzosen und Italiener haben erst in unserer modernen Heraldik Eingang gefunden.

Die heraldische Farbe der Sterne ist g. oder s. —

Ich seze hieher noch die Lufterscheinungen:

4) Wolken, sie mögen aus dem Rande des Schildes selbst hervorgehen, oder als gewolktes Heroldstück erscheinen, sind immer heraldisch (siehe 79. u. 80.) begrenzt. „Natürliche" Wolken gibt es in der ächten Heraldik nicht, und nur die Unkenntniss späterer Herolde konnte z. B. eine Figur schaffen, wie sie die v. Wölkern im Schilde führen.

Die heraldische Farbe der Wolken ist s.

Blize werden nicht im Zickzack, sondern als Flammen gezeichnet, gleich denen der Sonne.

Der Regenbogen erscheint schon in den ältesten Wappen, als ein aufwärts gebogener Balken von R., G. und B., oder umgekehrt getheilt.

Von Erdkörpern im Allgemeinen:

Flüsse oder geflutete Balken wurden in der alten Wappenkunst nicht mit langausgezogenen Schwingungen wie heutzutage, sondern in „kurzen Wellen" gezeichnet.

Ihre Farbe ist b. oder s.

Berge kommen in der alten Heraldik nur als sogenannte Dreiberge, entweder aus dem Fuss hervorwachsend, oder freischwebend vor.

Felsen finde ich seltener, dann aber als gezackte, spizige Kegel, meistens s.

X. Von erdichteten Thieren oder Ungeheuern.

Die alten Sagen von Lindwürmern, Drachen und Basilisken, die den Menschen und Thieren nachstellen, Schäze bewachen, Brunnen vergiften, vom Vogel Greif, der unschuldige Mägdlein davonschleppt, und gegen den man auszieht mit voller Wehr, vom Meerweib oder der schönen Melusina, die die fahrenden Ritter bethört, diese Sagen haben auf die Wappenkunst einen merkbaren Einfluss gehabt, so dass wir nicht nur diese mährchenhaften Geschöpfe mit ihren originellen Formen schon in den ältesten Wappen aufgenommen finden, sondern, dass wir auch jetzt noch, in unserer phantasie-armen Zeit von dem überlieferten Reichthum zehren können, ein Umstand der gewiss des Dankes gegen unsere alten Herolde werth ist, wenn man sich überzeugt hat, dass die modernen nicht nur keine neuen derartigen Geschöpfe zur Welt bringen können, sondern sogar die überlieferten alten Formen noch nach Möglichkeit verschlechtern. Ich kann mich natürlich hier nicht auf die Beschreibung aller in Wappen vorkommenden Unthiere einlassen, ich muss z. B. die verschiedenen Arten von geflügelten Menschen, Hunden, Fischen, die mancherlei Thiere mit Menschenköpfen, die Nessel- und andere halbphantastische übergehen, da sie theils nur vereinzelt vorkommen, theils aus Zusammensezungen der nachfolgend beschriebenen Thiere entstanden; ausserdem bemerke ich hier noch, dass das geflügelte Poetenross, der Pegasus, den wir in alten und neuen Zopfwappen finden, eine ganz unheraldische Figur ist, die mit Phönix, Pelikan, Aeskulap, Minerva, Merkur und Consorten billig aus dem Gebiete der edlen Wappenkunst verdient hinausgeschubt zu werden.

Ich nenne also von heraldischen Unthieren:

1) Den Greif (161), ein Unthier, das besonders in mecklenburgischen und pommerschen Wappen häufig zu finden ist. Er hat den Oberkörper von einem Vogel, den untern von einem Löwen, daher Schnabel, Flüge, Krallen, Federn und Pranken, die Flüge sollen, wie es sich in allen guten Originalen findet, von den Vorderfüssen, nicht vom Rücken ausgehen. Der Schweif ist bald eingezogen, bald aufgeschlagen; die Stellung schreitend oder aufspringend.

Eine heraldische Farbe lässt sich beim Greifen nicht angeben, doch gilt die Regel, dass der Obertheil anders als der untere gemalt sein soll.

2) Der Drache (162) ist in seiner Zusammensezung aus Vogel, Vampyr und Schlange, als ein äusserst gelungenes Machwerk zu betrachten und leichter zu besehen, als zu beschreiben. Karakteristisch sind die Flüge, ähnlich der einer Fledermaus, an den Spizen mit Krallen oder Nägeln versehen, und der am Rücken mit Knorpeln reich besezte Schweif; der Drache weist den mit Zähnen geschmückten offenen Rachen und speit aus diesem und den Nüstern insgemein Feuer oder Flammen. Die Waffen, Schnabel, Krallen, Nägel, Ballen werden abstechend gemalt; sonst erscheint der Drache gr., r., b. und s.

Vergleichsweise habe ich hierneben (163) auch den Drachen abgebildet wie er auf den Münzen von Cochin-China erscheint.

3) Der Lindwurm (164), wird oft mit dem Drachen verwechselt, unterscheidet sich aber von diesem dadurch, dass er an dem schlangenartigen Schwanze noch zwei Füsse hat. Im Uebrigen gleicht er so ziemlich dem vorbeschriebenen Drachen.

4) Der Panther (165) ist ein vierbeiniges Unthier, mit Vogelkrallen und Löwen-Hinterpranken; der Kopf ist eigenthümlich geformt, und wirft Flammen aus dem Rachen und den Ohren. Der Schweif ist der eines Löwen.

Die heraldische Farbe ist b. oder s.

5) Die v. Scheurl nennen ihr Wappenthier auch einen Panther, er trägt aber Hörner und speit nicht Feuer. — Den steyrischen Panther finde ich auf Siegeln Kaiser Maximilians, den niederbayerischen, sowie den Ingolstädter Panther in alten Siegeln gleichfalls, wie ich ihn neben gezeichnet.

6) Das Einhorn (166) sieht im Allgemeinen einem Pferde ähnlich, hat aber gespaltenen Huf und einen Löwenschweif. Von der Stirne hervor, geht ein gewundenes langes Horn. Die Waffen, Horn und Klauen, sowie die Mähne werden abstechend gemalt.

Das Einhorn findet sich auch sizend in Wappen.

7) Das Meerweib (167, 168) oder die Melusina ist oben ein nackter weiblicher Körper, unten Fisch, in älteren Wappen ersterer gewöhnlich als Rumpf, letzterer einfach. Später hat man den Fischschweif gespalten und an den Oberkörper Arme gesetzt, die dann die simetrisch aufgeschlagenen Schweife halten. Das Meerweib erscheint fast immer gekrönt.

Die heraldische Farbe ist oben r. oder s., unten b. oder s., doch immer **abstechend**.

8) Der **Meerlöwe** (169) ist vorne Löwe, hinten Fisch, steht auf einer **Pranke** und schlägt den Schweif über sich.

9) Der **Jungfrauenadler** (170) ist ein gewöhnlicher Adler, der aber Brust und Kopf einer nackten Jungfrau trägt, beide Theile werden abstechend gemalt. Der Jungfrauenadler ist in der Regel gekrönt.

10) Der **Doppeladler**. Ich weiss wohl, dass manche Heraldiker „von der alten Schule" sich nicht wenig alteriren werden, wenn sie sehen, dass ich die Doppeladler unter **die Unthiere** rechne. „Ein doppelter Adler" sagen sie, ist weiter nichts als zwei Hälften eines **einfachen Adlers**, deren einer Hälfte man den Hals umgedreht hat — ich glaube aber, dass es ohne **Verschneiden** und Halsumdrehen auch möglich ist einen Doppeladler herzustellen, dadurch nemlich, dass man zu dem einen Kopf eines einfachen Adlers noch einen zweiten zeichnet. Ueberdiess können wir der Erfindungsgabe der alten Herolde soviel zutrauen, dass sie auch einen Doppeladler zu Tage bringen konnten, so gut sie Panther und Wölfe mit einem Leib und zwei Häuptern produzirten. Da aber einer alten Sage nach, die Doppeladler in derselben Gegend heimathberechtigt sind aus der *der geflügelte Löwe* der Stadt Venedig stammt, so darf man sie billig auch in dieselbe Kategorie der erdichteten oder Unthiere sezen.

Man nimmt gewöhnlich an der erste Doppeladler sei von Kaiser Sigmund geführt worden. Ich gebe diess für den Doppeladler des heiligen römischen Reichs gerne zu. Ausserdem aber finde ich einen Doppeladler bereits 1202 in Siegeln der Burggrafen von **Würzburg** 1278, einem solchen auf dem Reitersiegel des Grafen Philipp von **Savoyen** und 1311 ebenso einen Doppeladler auf dem Siegel der v. **Belowe** in Pommern.

Der Doppeladler des heiligen römischen Reichs hat um jeden Kopf einen Schein.

Im Uebrigen gilt von der ornamentalen Ausstattung dieser Figur Alles was schon oben *bei* dem einfachen Adler gesagt worden, und ich gebe hier beispielsweise nur zwei Doppeladler aus den Jahren 1311 (171) und 1436 (172).

XI. Von den künstlichen Figuren.

Die Anwendung künstlicher Figuren, d. h. solcher, deren Vorbilder von Menschenhänden erzeugt zu werden pflegen, ist in der Heraldik sehr ausgedehnt. Es lohnte der Mühe einmal alle, wenigstens in deutschen Wappen, vorkommenden künstlichen Figuren zu sammeln, ihre Form und Karakteristik in verschiedenen Ländern, vorzüglich aber ihre Bedeutung zu erforschen. Wir dürfen uns nicht verhehlen, dass weitaus die wenigsten von diesen Figuren uns wirklich genau bekannt sind, und dennoch sind wir heutzutage hierin noch weit besser daran als die Heraldiker des vor- und vorvorigen Jahrhunderts, denen neben der nöthigen Aufmerksamkeit und Beobachtungsgabe auch insbesondere die Kenntniss alter Geräthschaften, Trachten u. s. w. gänzlich gefehlt zu haben scheint, sonst hätte wohl Spener nicht die Eisenhüte irgendwo für Schilderhäuser, Gatterer die Fasseisen für Kesselhaken, Oetter das Rock für ein Stück Sulz, oder Reinhardt einen Sporn für einen Kometen erklären können u. s. w.

Wenn ich also sicher behaupten darf, dass einestheils die Heraldiker „von der alten Schule" ihr Möglichstes gethan haben, die Begriffe über Deutung künstlicher Figuren zu verwirren, so haben andererseits auch die Adelsgeschlechter selbst häufig aus Unkenntniss oder Missverständniss ihrer eignen Wappenbilder dazu geholfen, die ihnen „unbegreifliche" überlieferte ältere Form in eine neue „bessere" umzuändern und so deren ursprüngliche Gestalt und Bestimmung wesentlich zu alteriren und zu verschlechtern. Ich weiss eine Familie, die ihr ursprüngliches Wappenbild, ein Pferdegebiss, in einen Triangel mit zwei Flügeln, andere, die' Wolfsangeln in Mondssicheln, Münzen in Hosenknöpfe, Geiseln in Schlangen, ja Kesselhauben in qualifizirte Schlafhauben veränderten, und das gewiss nicht ohne die Ueberzeugung etwas Tüchtiges hiedurch geleistet zu haben.

Zu diesem Allen kamen noch die Heroldenämter, die in ihrer ausgeprägtesten Nichtswisserei künstliche Figuren in Diplomen produzirten, für die sie keine Bezeichnung, keinen Namen, sondern nur eine umständliche Beschreibung lieferten, im Allgemeinen der sicherste Beweis dafür, dass sie ihre Produkte selbst nicht verstanden. —

Darf es uns desshalb wundern, wenn in Bezug der künstlichen Figuren, resp. deren Deutung in der Heraldik, gerade die meiste Konfusion herrscht, wenn Heraldiker, Wappenherrn und Herolden-Aemter zusammenhelfen, diese Dinge nach Kräften durcheinander zu werfen und unkenntlich zu machen? — —

Bevor ich nun zu der Aufzählung künstlicher heraldischer Figuren übergehe, darf ich nicht unterlassen aufmerksam zu machen, dass, sowie gewisse Thiere, Pflanzen, Bäume, gewisse Darstellungen von Menschen nicht heraldisch sind, so auch viele der im Leben wirklich vorkommenden künstlichen Figuren sich zu Wappenfiguren nicht eignen. Hier sollte vor Allem der richtige Takt zu Hülfe kommen, dieser Takt, der in den Produkten der alten Herolde so offen und unabweislich hervortritt, und der gerade in unseren Tagen gänzlich verloren und verschwunden zu sein scheint.

Wenn Amerikaner oder Russen in ihren Wappen Verstösse gegen den heraldischen Takt begehen, wenn sie Dampfschiffe, Landkarten, Krahne, Lokomotive oder Eisenbahnzüge, Ruinen, Kosakenmützen, Strandbatterien, Kanonen, Mörser, Kartätschenbüchsen oder dergleichen in ihre Schilde sezen, so könnte man ihnen noch eher zu Gute anführen, dass sie in ihrer Vergangenheit keine Anhaltspunkte für richtige Auffassung und· Verständniss der Heraldik überhaupt haben, obwohl, wie ich bemerken muss, auch dieser Grund als triftiger nicht gelten kann, denn wer Wappen entwerfen oder führen will, der soll auch wissen was Wappen und Wappenrecht ist; wenn aber deutsche Heraldiker und Heroldenämter moderne Häuser mit Balkonen und Vorfenstern, Kupferhämmer, Bergwerke, Kanonenstiefel, Schreibtische, Merkursstäbe, Fauteuils, Patrontaschen, Barbierschüsseln, Uniformsröcke, Pistolen und Karabiner in unsern Wappen produziren, dann kann man ihnen leider nur das zu Gute nennen, dass sie es eben nicht besser gelernt haben oder verstehen. Wenn es so fortgeht, wie denn auch aller Anschein dafür ist, so werden wir nach und nach gewiss noch Meerschaumpfeifen, Reibzündhölzchen, Punschbowlen, Kaffeetassen, Schnupftabaksdosen, Zigarrenkistchen und Banknoten in unsern oder unserer Nachkommen Schilden prangend sehen. Die Nachwelt aber noch mehr als die Mitwelt wird über die Wappen des XVIII. und XIX. Jahrhunderts und über ihre Fabrikanten das endgültige Urtheil sprechen.

Welcher Art künstliche Figuren nun man in ein Wappen aufnehmen könne, das glaube ich in Vorhergehendem hinreichend angedeutet zu haben. Dem ächten Heraldiker aber wird es nicht genügen nur zu wissen, welche Figuren nicht annehmbar seien, sondern er wird auch suchen, die bereits sanktionirten künstlichen Wappenbilder in ihrer eigenthümlichen Gestalt, in ihrer heraldisch-ornamentalen Form und Karakteristik kennen zu lernen und sie so wiederzugeben, wie sie ihm durch die besseren Muster überliefert worden sind.

Man kann die künstlichen Figuren im Allgemeinen wieder in besondere Arten oder Klassen theilen, z. B. Gebäude oder Baulichkeiten, Baustoffe, Werkzeuge, Kleidungsstücke, Geräthschaften, Waffen. Jede künstliche Figur kann wieder als solche ganz oder nur in Theilen erscheinen, und das leztere Vorkommen hat namentlich zu den räthselhaftesten Deutungen und Darstellungsweise Veranlassung gegeben. Ich will es versuchen, von jeder der obgenannten Hauptabtheilungen die hervorragendsten Figuren zu nennen, vielleicht findet der Leser Manches in meinen Erklärungen, das bisher unrichtig gegeben war, richtiger aufgefasst, und hie und da auch eine ächt-heraldische Benennung, die seit langen Zeiten vergessen worden war.

22

Von Baulichkeiten erscheinen in Wappen vorzüglich:

Thürme (173), meistens rund, aus Haussteinen gebaut, oben gezinnt, mit Thor und Fenstern oder besser Schiessscharten versehen; die Quadern, Thore, Zinnen, Sockel, alles unverhältnissmässig gross und hoch, öfters spitzige Dächer, f., b. oder s., mit metallenem Knopf, auch Helmthürmlein oder Erker mit Windfähnlein.

Die heraldische Farbe der Thürme ist weiss oder silber. Thore, Fenster u. s. w. werden gern s. gemalt.

Burgen (174) haben zwei bis drei Thürme, gewöhnlich hinten eine Zinnenmauer, in deren Mitte ein grosses Thor mit Fallgitter und in der Regel ohne Thorflügel. Burgen kommen noch r., als ein Ziegelsteinen gebaut, vor.

Thore oder Gaden (175), Mauern mit Giebeln, unter denen ein offenes Thor mit oder ohne Thorflügel. Kirchen mit zwei, drei und vier spitzigen Thürmen mit hohen Fenstern.

Steinerne Brücken (176) mit spitzbogigen oder runden Oeffnungen, die Bahn unterwärts halbrund oder mit stumpfem Winkel in der Mitte. Stege von Holz mit einem oder zwei Jochen.

Schiffbrücken (177), von oben gesehen, zeigen ein oder zwei Schiffe zu beiden Seiten der Bahn hereinsehend.

Die Farben der Brücken sind r., s. oder g.

Kirchdächer (178) oder sogenannte Brog's, besonders in polnischen Wappen häufig, stehen auf vier hölzernen (s. oder r.) Pfählen. Das Dach gelb oder gold.

Planken von Brettern, senkrecht gestellt und gespitzt wie Pallisaden. Ihre Farbe ist s. oder g. (179 oben).

Zäune, von Weiden geflochten. Ihre Farbe r. oder g. (179 unten).

Brunnen und zwar Schöpfbrunnen (180) oder Röhrbrunnen (181) meistens g., auch r. und s.

Hieher können auch gerechnet werden die Gabel(n) und Räute, in ihrer alten heraldischen Form (182), nicht die Lilienschiffe, Schraubendämpfer oder Knöpen's, wie sie heutzutage in Wappen erscheinen. Einzelne Theile, z. B. Haus- oder Thurmdächer (183), dann Baustoffe, wie Ziegel, Quadern, Schindeln, Platten, Preise (Hohlziegel) sind in Wappen gleichfalls nicht selten.

Von Werkzeugen und Geräthschaften kommen in den ältern Wappen am häufigsten vor:

Hämmer und Schlägel (184), Zangen (185), Ambos (186), Schaufeln (187 vorne), Pflugscharen (187 hinten), Axgeln (188), Fischbären oder Harpunen (189), Wagenbremsen (190), Kappgukken (191), Scheissscheeren (192), Schneidmesser (193), Gabeln, und zwar Rauch- und Streugabeln (194), Buschmann (195), Striegel (196), Wehrenhilfe (197), Mühlnägen (198), Mausmänner (199, 200), Handmühlen (201), Mahlstein (202), Spulen (203), Radnaben (204), Fliederwisch oder Fliegenwedel (205), Senke (206), Wegscheide (207), Wagenkipfe (208), Armbrustwinden, resp. Theil derselben, von andern für Sturmhacke erklärt (209), Pflüge (210), Zeltnägel oder Zapfen (211), Kreuzgabeln (212), Handkäppeln (213), Jaidhörner (214), Feuerleitern (215), Fessleitern (216), gemeine Leitern (217), Wolfsangeln (218), Doppelhaken (219), Fasseisen (220), Feuer- oder Feisshaken (221), Anker (222), Radsporren (223), Kerbhaken (224), Schlüssel (225), Doppelschlüssel (226), Schlüsselbunde (227), Fussangeln (228), spanische Reiter (229), Eggen (230), Schürfeisen (Feuerstahl) (231), Sicheln, meistens s-förmig (232), Knaufe (233), Fallgitter (234), Kirchenfahnen (235), Sensen (236), Windfähnlein (237), ganze Tische, Stühle, Bänke oder blosse Tischgerichte (238, 239), Fasszirkel (240), Spiegel (241), Kannen (242), Feldflaschen (243), Doppelschenern oder Schenkenbecher (244), Kessel (245), Satzscheiben (246), Ueschlageln (247), Glocken (248), Ringe (249), Weckes*)

_____

*) In der Figur einer Spindel oder Raute. Dass man mit Wort und Figur der „Weckus" noch manchmal wirkliche Wecken meinte, beweisen viele Wappen, u. s. das der Pfaffenbeck, in welchem ein Bäcker ein Brod in dieser Gestalt fortschleppt, bei das des Zeltner, darinn ein „Lebzelten" in dieser Weise dargestellt ist.

(250), Kugeln oder Ballen, metallene oder farbige *) (251), Dudelsäcke (252), Saitenspiele, Harfen (253), Schachrösslein (254), Röcke (Schachthürme) **) (255), Würfel, Karten u. s. w.

Von Kleidungsstücken erwähne ich: Die Gugel (256) (aus dieser Figur haben neuere Heraldiker sogar einen römischen Panzer herausgearbeitet), den Wetschger (257), den Trippschuh (eigentlich Schuh mit Trippe) (258), den Holzschuh (259), den Schwertgurt (260), den Turnierkragen in seiner vollkommenen Gestalt (261), er ist von unkundigen Heraldikern und Wappenherrn nicht selten mit Speichen versehen und als „Mühlrad" erklärt worden, den Stulphut, hoch (262) und nieder (263), die Schnalle oder Hafte, mit und ohne Dorn (264), die Doppelhafte (265), den Badehut (eine aus Stroh geflochtene Müze, von früheren Heraldikern für „Bienenkorb" erklärt) (266), das Nestel (verschlungenes Band, auch Hutschnur (267), Sporen (268) und die Kronen (269). Leztere werden in älteren Wappen auch als blosser Kronenreif dargestellt. Ich bin durch ein Beispiel, das mir in jüngster Zeit vor Augen gekommen, auf diese Figur, den Kronenreif, besonders aufmerksam geworden. Ich fand nemlich auf einem alten Grabstein in Kloster Inderstorf das Wappen des 1437 † Ulrich Tewfel von Pichel, und darin, so viel hieher Bezug hat, in G. einen b. Schrägbalken mit nebenstehender g. Figur (270) belegt. Ein Jahrhundert später (1540) finde ich dieselbe Figur im Wappen der Teufel wie neben (271), und wieder ungefähr nach hundert Jahren (1637) in der dritten Art (272) als vollständige Krone.

Ich bin hiedurch nicht nur zu der Ueberzeugung gelangt, · dass die heraldische Darstellung einer Krone als Kronenreif in älteren Zeiten gleich üblich war, sondern dass man auch vor zweihundert Jahren noch zu Lebzeiten des gedachten Geschlechtes keinen Anstand nahm, den Kronenreif als wirkliche, volle Krone abzubilden. Dieses Beispiel auf den sogenannten Rautenkranz angewendet, musste mich von der Unwahrscheinlichkeit meiner früher aufgestellten Meinung zurückbringen, und ich glaube jezt mit mehr Sicherheit behaupten zu können, dass der sächsische Rautenkranz nichts anders als die heraldisch-ornamentirte Darstellung eines grünen Laubkranzes sein dürfte. ***) — —

Um nun wieder auf die künstlichen Figuren zurückzukommen, so nenne ich von Waffen und Waffentheilen:

Den Eisenhut, in beiden Formen (273); den Streitkolben (274, 275, 276), die Parte oder das Streitbeil (277), die Sturmaxt (278), das Schwert (279), den Armbrustschaft (280) und den Pfeil, von denen man den einen (281) in der ältern Wappenkunst einen Strahl, den andern (282) einen Bolz oder Vogelpfeil, die dritte Art (283) aber Gemspfeile nannte. Die Flugfedern heissen bei allen drei Arten: der Flitsch.

Ausser diesen allen können zu den künstlichen Figuren noch gerechnet werden: Die Handelszeichen und Hausmarken†) (284, 285) und die Buchstaben einzeln und in Wörtern z. B. das ꓣꓣ der v. Langenmantel, das A der v. Althann, das Allein der Tuschel und das Lieb der Zachreiss.

---

*) Ich weiss nicht warum die Heraldiker von der alten Schule darauf bestehen, es gebe in der Heraldik keine metallenen Kugeln, solche müssten immer Münzen sein und Bizantiner heissen. — Sie haben gewiss hiefür keinen Grund in der alten Heraldik selbst, sondern nur in ihrer Einbildung gefunden, wenigstens wussten Geschlechter, die solche metallene Kugeln führten, ihrerseits nichts davon, wie z. B. die Freiberge ihre g. Kugeln „Dotter" und die Pienssnauer dieselbe Figur in ihren Wappen „Aepfel" nannten, und das zu einer Zeit, wo man der guten Heraldik näher stand als heutzutage. Ringe und Ballen rechnen unbegreiflicherweise Gatterer & Comp. zu den „Heroldsfiguren." Sollen aber Gold- oder Silber-Münzen vorgestellt werden, so müssen sie jedenfalls, wie alle Münzen, wenigstens eine Spur von Gepräge zeigen.

**) Wie sie Oetter für Stücke Salz, Gatterer & Comp. aber für „stumpfe Lanzeneisen" erklären.

***) Ich habe von dieser Sache bereits in dem „Correspondenzblatt des Gesammtvereins der deutschen Geschichts- und Alterthumsvereine" Nr. 10. Juli 1855 Notiz gegeben.

†) Ueber die Hausmarken hat Dr. A. L. J. Michelsen in Jena 1853 eine treffliche Abhandlung geliefert.

XII. Vom Helme.

Der Helm mit seinem Kleinod ist der zweite Hauptbestandtheil eines vollständigen Wappens. Ich weiss nicht was Gatterer & Comp. veranlasst haben mag, den Helm zu den „Nebenstücken" eines Wappens zu rechnen. Wenn es auch wahr ist, dass bis zu Anfang des XIV. Jahrhunderts der Gebrauch der Schilde allein in Siegeln vorherrschend war, so war diess eben blosser Gebrauch, eine Mode, ebenso wie die etwas spätere, den Helm mit Kleinod allein in Siegeln zu führen*), beweist aber darum nicht, dass der Helm Nebensache gewesen sei. Er war im Gegentheil gerade und ebenso viel werth als der Schild, und schon der Gebrauch der Helmschau ·bei Turnieren, sowie das altadeliche Losungswort „zu Schild und Helm geboren" kann uns dafür hinlängliche Beweise liefern.

Da derselbe Helm, der von jedem einzelnen Edelmann zum Schuz des Hauptes getragen wurde auch zugleich der Wappenhelm war, so kann auch nur ein solcher Schild der ein persönliches oder geschlechtliches Wappen enthält, auf einen Helm Anspruch machen, Körperschaften und Gemeinden aber als solche können vernünftigerweise einen Helm über ihrem Schild nicht führen, weil man dem alten Sprüchworte gemäss nie alle Köpfe unter einen Hut, vielweniger also alle in Einen Helm stecken konnte; nichts desto weniger aber wurden in späteren Jahrhunderten manchen Gewerben, Städten u. a. Körperschaften von Kaisern und Königen Helme aus besonderer Gnade verliehen.

Wie nicht alle Schilde, so sind auch nicht alle Helme wappenmässig.

Von heraldischen oder wappenmässigen Helmen, d. h. von solchen, auf denen Kleinode getragen zu werden pflegten, haben wir blos drei Gattungen:

Die Kübelhelme, Stechhelme und Spangenhelme.

Ich kann mich hier nicht so weit einlassen, eine Kunstgeschichte der Helme zu schreiben, oder auch nur die Unterarten dieser drei Gattungen alle aufzuführen; ich muss mich vielmehr darauf beschränken, von jeder derselben ein Beispiel zu geben, aus dem sich der Hauptkarakter leicht ergeben wird, und verweise nebenbei auf das Kapitel von den Kleinoden, wo mehrere und verschiedenere Formen von wappenmässigen Helmen zu finden sein werden.

Die Zeichnungen der jezt folgenden drei Haupt-Gattungen habe ich nach Originalien gefertigt.

1) Die Kübelhelme (286 u. 287) sind die ältesten heraldischen Helme. Ihrer Gestalt nach ziemlich plump waren sie Anfangs ohne den Boden aus zwei, später, wie nebenstehendes Beispiel, aus vier Theilen zusammengenietet. Der Boden kommt ganz gerade oder gewölbt vor. Die Oeffnung für die Augen ist entweder in Form zweier Schlize oder Schnitte, in jeder Seite einer, oder als Raum zwischen dem Ober- und Untertheil (der Kappe und dem Kübel) freigelassen und vorne mit einer Spange übernehmt. Zur bessern Zirkulation der Luft sind vorne mehrere kleine Löcher angebracht, und zum Befestigen des Helms am Brustpanzer dient der kreuzförmige Ausschnitt durch den die Kette gezogen zu werden pflegte. —

Die Stechhelme und die Spangenhelme sind ziemlich gleichzeitig, und die nächstjüngeren wappenmässigen Helme. Beide verdanken ihre eigentliche Ausbildung aber den Turnieren.

2) Die Stechhelme, von denen hieneben (288 u. 289) ein schönes Muster, erhielten nach und nach durch Schweifung eine gegen die Kübelhelme elegantere Form. Zwischen dem weit vorstehenden spizig auslaufenden Vordertheil und der Kappe ist der Schliz zum Durchsehen, der jedoch hier schon in der Konstruktion so eingerichtet ist, dass man auch ohne Spange den Stoss

---

*) Es lässt sich sogar nachweisen, dass eine Zeit lang der Gebrauch herrschte, dass sich Vater und Sohn oder Brüder um Irrungen zu vermeiden, dahin verständigten, bei Siegelfertigungen sich des Schildes allein oder des Helms allein zu bedienen, ohne dass darum ein Siegel weniger werth gewesen wäre als das andere.

des Speeres pariren konnte. Die Befestigung dieser Helme am Brustblech geschah durch Schnallen mit Riemen oder durch Scharniere, die am untern Ende des Vordertheils angebracht waren. Diese Stechhelme waren in Schlachten sowohl als hauptsächlich bei Turnieren zum gewöhnlichen Stechen und zum Krönlstechen im Gebrauch.

3) Die Spangenhelme (290, 291) kommen in Form der Kübel- sowie der Stechhelme vor, und unterscheiden sich von beiden blos dadurch, dass sie vorne eine weite mit einem Roste von Spangen versehene Oeffnung hatten, durch die man ungehinderter sehen konnte, als durch die Schlize der vorgenannten Gattungen. Ich habe schon auf einem Siegel v. J. 1234 einen Kübelhelm mit Spangen gefunden. Ihr Gebrauch bei Turnieren war der zum sogenannten Kolbenturnier oder zu dem Kampf um die Kleinode. Es finden sich unter den Spangenhelmen die malerischsten Formen, und man hat auf ihre Ausschmückung das Meiste verwendet.

Alle Helme dieser drei Gattungen waren nicht zum Aufschlagen, sondern wurden übergestürzt, und es musste der Hals des Helmes so weit sein, um mit dem ganzen Kopf hindurchschliefen zu können. Wenn man diese Thatsache berücksichtigt, so muss uns die Manier neuerer Heraldiker und Herolde, die Helme „recht schlank" d. h. mit dünnem Hals und grossem Kopf zu zeichnen, äusserst lächerlich erscheinen. Sie kann uns beweisen, dass keiner von den beiden Arten Wappenkünstler je einen wirklichen Helm gesehen oder wenigstens aufmerksam betrachtet habe, sonst konnten sie unmöglich solche Helme zeichnen, in deren Vorbilder ein Ritter möglicherweise hinein, gewiss aber nicht mehr herausgelangt wäre.

Es sind, wie ich schon oben bemerkt, diese drei Helm-Gattungen die einzigen wappenmässigen. Ich finde zwar später noch zwei Helmgattungen, die Rennhüte oder Salade und die Mailänder-Helme, auf denen hie und da noch Kleinode vorkommen, allein die Beispiele sind so vereinzelt, dass diese Art Helme in der eigentlichen Wappenkunst immer ohne Einfluss bleiben mussten.

Nur die höchste Unkenntniss aber konnte Helmformen in die Heraldik bringen, wie sie unsere Heroldenämter zuweilen in die Wappen sezen, Helme, die für Schauspieler und Seiltänzer möglicherweise noch angehen könnten, für die Heraldik aber doch nie und nimmer. Ich erlaube mir zum augenscheinlichen Vergleich hier zwei solche Muster-Helme herzusezen, von denen der eine aus einem modernen Wappen, der andere aber die getreue Nachbildung eines der wirklichen Original-Helme ist, wie sie von gewissen Ordensrittern heutzutage pflegen getragen zu werden. —

Aus der Natur der Sache selbst ergibt sich, dass der Helm in einem bestimmten Grössenverhältniss zum Schild stehen muss.

Die Helme der obengenannten drei heraldischen Gattungen sind in Wirklichkeit 16 bis 18 Zoll hoch, die heraldischen Schilde der Dreieckform wie schon bemerkt 24 bis 30 Zoll, die Tartschen sogar nur 18 Zoll hoch. Hieraus findet man, dass der Helm im höchsten Falle dieselbe Höhe wie der Schild, im mindesten aber zwei Dritttheil derselben haben müsse.

Betrachten wir nun unsere modernen Wappen, so wird sich in dieser Beziehung die schauerlichste Unkonsequenz sogleich von selbst vor Augen stellen.

Stehen mehr als ein Helm auf einem Schilde, so muss der Schild auch so viele Wappen (nicht Felder) enthalten als er Helme trägt. Solcher Schilde mochten zwar als wirklicher Schild wenig mehr gebraucht worden sein, allein auch für diesen Fall konnte der Edelmann nicht mehr als einen Helm tragen. Es können daher Wappen mit zwei und mehr Helmen nur auf dem Papier existiren; man ist aber berechtigt anzunehmen, dass desshalb im Grössenverhältniss der Helme zum Schilde auch eine Modifikation in der Art eintreten dürfe, dass man jeden einzelnen Helm in der Grösse nach dem Verhältniss richte, in dem er zu seinem betreffenden Wappenschilde oder Felde stehen würde. Desshalb ist es wohl zu vertheidigen, wenn auf Schilden mit zwei oder mehreren Wappen die Helme beziehungsweise kleiner gezeichnet werden.

5 *

Die **Farbe der Helme** ist die des polirten Eisens. Es gibt aber auch ganz goldene und ganz silberne Helme, oder solche, auf denen Verzierungen in diesen beiden Metallen angebracht sind. Der Rost oder die Spangen werden nicht selten vergoldet gefunden, es ist diess aber nicht nothwendig, und besonders finden sich die älteren Spangenhelme fast durchgehends ganz eisern. Es gab bekanntlich auch Kübel- und Spangenhelme von gesottenem Leder und nur theilweise mit Eisen verstärkt. Solche Materialien werden aber in der Heraldik nicht besonders kenntlich gemacht, sondern man nimmt alle Helme als metallene an. „Stahlblau angelaufene" Helme sind eine Erfindung der Zopfheraldik.

Es lässt sich nicht genau feststellen, wann und aus welcher Ursache sich die Ansicht geltend machte, dass nur die **Spangenhelme** eigentlich **adeliche** Helme, dagegen die **geschlossenen**, d. h. die Stech- und Kübel-Helme, **bürgerliche** Helme seien. Die Unrichtigkeit einer solchen Aufstellung geht aus der Geschichte der Helme selbst hervor. Sie möchte aber vielleicht darin eine plausible Grundlage finden, dass schon zu Anfang des XVI. Jahrhunderts, vielleicht fünfzig Jahre nach dem Aufhören der eigentlichen Turniere, der Adel anfing, die Kolbenturnierhelme, weil sie diejenigen waren, die zur Helmschau aufgetragen wurden, als die dem **Adel** vorzugsweise gebührenden zu achten und zu betrachten, und um sie vor Missbrauch durch Nicht-Edelleute, denen in jener Zeit schon Wappenbriefe zu Hunderten verliehen wurden, zu schüzen, als ausschliesslich **adeliche**, dagegen die geschlossenen Helme als bürgerliche bezeichnete. Schon 1506 gab es jedoch desshalb unter dem bayrischen Adel eine Remonstration und 1552 verwahrten sich auch die Ulmer Patrizier bei Kaiser Karl V. gegen einen Unterschied zwischen „Torniers- und andern beschlossenen Helmen."

Lässt sich nun also eine diplomatische Richtigkeit des Rangunterschiedes offener und geschlossener Helme nicht nachweisen, so hat sich doch gewiss seit mehr als zweihundertfünfzig Jahren diese Meinung praktisch geltend gemacht, und wir werden gezwungen, dieselbe beizubehalten und zu respektiren, weil ausserdem ein Mittel gegen den vielseitigen Missbrauch der von Bürgerlichen mit Usurpation von Wappen getrieben wird gar nicht vorhanden wäre. Es haben sich desshalb auch unsere bessern Siegelstecher und Wappenmaler schon dahin in praxi entschieden, auf ein **bürgerliches Wappen** nie einen offenen Helm zu sezen, dagegen muss es wohl dem Edelmann freigestellt bleiben, sich nach Gutdünken auch eines Stech- oder Kübelhelms auf seinem Schilde zu bedienen. —

Es erübrigt mir noch von den sogenannten **Halskleinoden** zu sprechen, von jenen münzen- und rosettenförmigen Goldstücken, die wir häufig an Ketten um den Hals der Helme gehängt finden. Man glaubt heutigen Tages kaum, dass es möglich sei, einen Wappenhelm ohne dieses Anhängsel zu malen, und weiss doch selten, warum.

Noch im XV. Jahrhundert findet man an den wenigsten Helmen diese Halskleinode (monilia), und mit Grund, denn sie waren ursprünglich und damals noch blos die Zeichen der Turniergesellschaften, und wurden von den jeweiligen Vögten dieser Gesellschaften als Ehrenkleinode um den Hals, später auch um den Helm getragen. Es ist also gewiss unpassend, heutzutage Geschlechtern, deren Vorfahren nie Turnierer, vielweniger Gesellschaftsvögte gewesen waren, dergleichen Kleinode zu gestatten, und wenn auch in allen Adelsbriefen dieser Kleinode jedesmal ausdrücklich erwähnt wird, so geschieht diess doch nur aus Unwissenheit und hat keinen haltbaren Grund hinter sich. —

XIII. Von den Helmdecken.

Unter Helmdecken oder kurzweg „Decken" versteht man in der Wappenkunst ein bandförmiges oder grösseres eckiges Stück Zeug, das zwischen Helm und Kleinod seinen Anfang nehmend zu einer oder beiden Seiten des Helmes sich ausbreitet.

Die Decken sind mit den Kleinoden nicht zu gleicher Zeit entstanden, wir finden im XIII. Jahrhundert noch Wappenhelme ohne Decken. Ich bin hiedurch um so mehr überzeugt worden, dass ihr Zweck nicht der zur Befestigung der Kleinode zu dienen, noch weniger aber der war den Gatterer & Comp. angeben, „den Helm für Staub, Hitze, Regenwetter und Spinneweben zu schützen."

Meiner sichern Ueberzeugung nach verdanken die Decken ihren Ursprung und Namen dem Schönheitssinn, der Nothwendigkeit und der Prunksucht zugleich, dadurch, dass sie, nachdem die Kleinode mehr in Gebrauch kamen und komplizirter wurden, über diejenige Stelle, an der die mechanische Verbindung zwischen Helm und Kleinod statt hatte, gelegt wurden, um die Schrauben, Nieten etc. verdecken zu helfen; der Schönheitssinn aber liess es nicht zu, derartige Stücke Zeug oder Tuch blos auf die Stelle zu beschränken, auf der sie nothwendig waren oder schienen, sondern man liess sie noch weiter abhängen und verband so das Schöne mit dem Nüzlichen.

Die Ursache, warum die Decken schon in ältesten Zeichnungen ausgebreitet oder fliegend erscheinen, findet blos in der künstlerischen Auffassung ihren Grund.

Die ältesten Decken finde ich in Form abfliegender Bänder (295, 300), darnach erscheinen die Tücher oder Mäntelchen, so benannt, je nachdem sie auf einer oder beiden Seiten des Helmes abhängen (296, 297, 299 u. a.), ein Umstand, der wieder durch die Stellung des Helmes selbst hervorgerufen ward. Allmählig fing man an, die Aussenlinien der Decken zu zatteln, d. h. blatt- oder spizenförmig auszuschneiden (303, 304, 305 u. a.), bis sie immer mehr verschönert und durch schwungreichere Grundlinien gefälliger gemacht, endlich in jene Art Decken übergingen, die wir die altdeutschen oder „gothischen" zu nennen pflegen. Die Künstler des XV. u. XVI. Jahrhunderts brachten unter dem Einflusse ihrer Zeit und Umgebung hierin jene grotesken Formen hervor, die zwar dem eigentlichen Wesen und der Bestimmung von Decken gänzlich entfremdet, doch als die schönsten Produkte künstlerischer Behandlung eines Bandes oder Tuches anerkannt werden müssen (306, 309, 313 u. a.); die Erfahrung, dass von den Decken jener Periode keine der andern vollkommen ähnlich ist, gibt uns zugleich einen glänzenden Beweis für den Reichthum an Phantasie und Formen, der den damaligen Wappenkünstlern eigen war, und den unsere heutigen Heraldiker und Herolde wohl anstaunen aber gewiss nicht mehr sich eigen machen können.

Das XVII, XVIII. u. XIX. Jahrhundert haben in heraldischer Beziehung sich so unfähig bewiesen, dass wir von ihren Decken insbesondere gar nicht zu sprechen brauchen.

Da es von jeher üblich gewesen, die Decken in den Farben des Schildes zu malen, und da bekanntlich jeder Schild wenigstens eine Farbe und ein Metall hat, so ergab sich daraus von selbst die Anwendung von zweierlei Farben, beziehungsweise einer Farbe und eines Metalls in den Decken. Die Praxis zeigt uns ferner, dass das Metall an der Innenseite der Decken, die Farbe aber aussen stehen solle.

Ausnahmen finden sich hier, sowie auch in Bezug der Abwechslung von Farbe und Metall z. B. bei dem pfälzischen Wappen, wo man von den drei Farben des Schildes G. # und R., die lezten beiden für die Decken wählte (324).

Wappenfiguren auf den Decken zu wiederholen, war in Deutschland nie sehr gebräuchlich, dagegen fand diess bei den sogenannten Wappenmänteln häufiger statt. Damaszirte Decken kommen aus erklärlichen Gründen nicht vor, dagegen findet man welche von Hermelin und Kürsch, sogar von Thierhaaren und förmlichen Häuten.

Im XV. Jahrhundert und ungefähr um die Zeit, in der die sogenannte Schellentracht im Gebrauch war, erscheinen an Helmdecken nicht selten eine Reihe von s oder g. Schellen wie z. B. s. 312.

Die Wappenmäntel sind eine Erfindung der neueren Heraldik, und zugleich die Beste, die überhaupt von ihr gemacht worden sein wird. Sie erscheinen in Form eines aufgeschlagenen Zeltes hinter dem Wappen, sind innen Hermelin und aussen purpur reich mit Goldfransen verziert und entweder mit oder ohne Wiederholung von Wappenfiguren, die in der Regel darauf gesät erscheinen (z. B. Preussen, Baden). Manchmal findet sich auch das ganze Wappen auf der Aussenseite des Mantels wiederholt (z. B. Lothringen, Savoyen).

Wappenmäntel oder Zelte, wie die eben beschriebenen, gebühren nur fürstlichen Geschlechtern oder solchen, deren Vorfahren ehemals reichsunmittelbar waren. Der niedere Adel soll sich deren vernünftigerweise nicht bedienen; es sieht in der That lächerlich aus, ein gräfliches oder freiherrliches Wappen innerhalb eines purpurnen Wappenzeltes und mit einer Perlenkrone bedeckt, zu finden. —

Sind mehrere Helme in einem Wappen, so hat jeder die Decken in den Farben seines betreffenden Wappen-Plazes. Bei einem Helm und zwei Schilden sezt man zur rechten Seite die im Rang vorgehenden Decken, z. B. die des Manneswappens, links die andern. In älteren Zeiten wurde aber hievon gänzlich Umgang genommen und nur der Haupthelm mit seinen Decken angewendet. Die schlechteste Periode der Heraldik hat es nicht verschmäht, alle Farben des Schildes in eine Decke zu vereinigen, die dann insgemein Tiroler-Teppichen nicht unähnlich sind. Diese Praxis gibt wieder einen hinlänglichen Beweis für die heraldische Unkenntniss jener Zeiten.

XIV. Vom Kleinod.

Das Kleinod ist diejenige karakteristische Zierde eines Helmes, die ihn zum Wappenhelm stempelt. Ohne Kleinod kein Wappenhelm und ohne Helm kein Kleinod! Dieser Saz wird von unheraldischen Herolden und dilettantischen Heraldikern nur zu oft vergessen; die ersteren sezen Helme, die nie ein Kleinod gesehen vielweniger noch getragen haben, auf Wappenschilde, oder sie legen wohl gar, wie ich diess an einem neueren preussischen Geschlechtswappen gesehen, das Kleinod unmittelbar auf den Schild*), die lezteren und unsere Jokei-Club-Heraldiker huldigen, wie es scheint der Ansicht, dass es etwas Besonders, Schönes und Geistreiches sei, wenn sie statt ihres Wappens, oder wenigstens statt des Helmes mit dem Kleinod, blos das leztere schwebend auf den Kutschenschlag oder sonst wo hin, malen lassen.

Wenn wir in der Heraldik von „Kleinoden" sprechen, so meinen wir dabei jene Art erblicher Geschlechtskleinode, die in ihrer karakteristischen Gestalt vom Vater auf den Sohn zugleich mit dem Schilde übergingen, und an denen bei der Helmschau die einzelnen Geschlechter unterschieden wurden. Es gab aber ausserdem noch Kleinode auf Helmen, die nicht unter obige gerechnet werden können, ich meine die Kleinode, die Edelleute bei den sogenannten Schimpf- und Fastnachtsrennen zu gebrauchen pflegten, und die der Laune eines jeden Einzelnen, einem Tageswize oder dergl. vorübergehenden Ursachen ihre Entstehung verdankten. Ich habe bei solchen Gelegenheiten z. B. Kochlöffel, Bierbanzen, Steckenpferde, gebratene Gänse u. s. a. auf den Helmen der ältesten Geschlechter als Kleinode gefunden.

Ich will nicht in Abrede stellen, dass auch von den Geschlechtskleinoden manche einer besonderen Begebenheit ernsten und fröhlichen Wesens ihren Ursprung verdanken, aber derlei Beispiele mögen selten genug sein**); in der Regel muss man annehmen, dass das Kleinod entweder in Farbe oder Gestalt in irgend einem Zusammenhange mit dem dazugehörigen Schilde sei, und es darf uns auch nicht wundern, wenn wir Verschiedenheiten in den Kleinoden ein und desselben Geschlechtes finden, da sich mit wenigen Ausnahmen diese Verschiedenheit meistens nur auf die Form der Hülfsfigur zurückführen lässt. Ein Beispiel findet sich f. 304 u. 310, welche beide Kleinode ein und demselben Geschlechte der Eisenhofer angehörten, und obwohl in ihrer Aussenform gänzlich

---

*) Das Diplom dieses Geschlechtes ist vom 19. Jan. 1804. Auf dem an sich schon schauderhaften Wappenschild findet sich kein Helm, dagegen liegt auf demselben ein Stück grünen Wasens, und auf diesem wieder ein g. Hirsch! —

**) Die Spechten von Buoben führten als Kleinod aber dem Helm rittlings sizend einen Bettelbuben mit zerrissenen Kleidern. Mag Scherz oder Ernst die Entstehung und Annahme dieses Kleinods veranlasst haben?

verschieden, dennoch einen organischen Zusammenhang nicht ableugnen lassen. Dass es auch Kleinode gab, die mit irgend einem Amte, einem besonderen Vorrechte zusammenhingen, und als solche auch verkaufbar waren, ist bekannt, und ich habe bei den Grafen von Hohenzollern *) ein Beispiel mit dem Brackenhaupte angeführt.

Wie beim Schilde so findet sich beim Kleinode eine fortschreitende Ausbildung, und es wird der Begriff und das Wesen von Kleinoden uns um so klarer vor Augen treten, je aufmerksamer wir die Entstehung und Ausbildung derselben verfolgen.

Die Uranfänge der Kleinode finden sich in der Bemalung der Helme. Auf dem Siegel des Grafen Philipp von Flandern v. J. 1164 findet sich der Helm desselben mit dem flandrischen Löwen zu beiden Seiten bezeichnet (292); obwohl eine Kesselhaube wie diese nicht zu den eigentlich heraldischen Helmen gerechnet werden kann, so ist doch diess Beispiel für die Entstehung der Kleinode ein vollkommen gültiges. Im XIII Jahrhundert als schon der Anfang mit dem sogenannten freien, d. h. den in körperlicher Gestalt auf dem Helm angebrachten Kleinoden gemacht worden war, hat sich die Sitte der Bemalung noch allein und neben freien Kleinoden erhalten, wie ich ein Beispiel an dem Helm des Grafen Ludwig von Savoyen aus dem Jahre 1294 hieherseze 293). In sinniger Weise ist dabei der Balken des Turnierkragens auf dem Adler zugleich zum Schliz für die Augen benüzt.

Weitere Beispiele dieser Art Vereinigung von gemalten und freien Kleinoden könnte ich noch in dem Wappen eines Heinrich Fröschl v. J. 1350, eines Amplius Glockner v. J. 1362 und des Herzogs Christoph v. Bayern aus d. J. 1485 anführen.

Um nun auf die eigentlichen Kleinode überzugehen, so finde ich als die ersten und ältesten:

1) Die Hörner. Sie zeigen sich immer zu zweien. In älteren Zeiten oben geschlossen, d. h. mit ihrer natürlichen Spize. Ihre Gestalt ist schon zweierlei, nemlich förmlich halbrund gebogen (294) oder geschweift (295), je nachdem man sie als die Hörner eines Büffel-Stieres oder als die eines Büffel-Ochsen (Büffels) betrachtete. Wenn manche Heraldiker hier von „Hauern der Eber und Elefanten" sprechen, so scheinen sie mir, abgesehen davon, dass erweislich gar kein Kleinod existirt von dem je gültig behauptet worden wäre, es stelle eines dieser beiden Gegenstände vor, keinen klaren Begriff von den Grössenverhältnissen noch von den wahren Konturen eines Eberzahns oder Elefantenhauers zu haben. Ich wüsste auch nicht wie je ein deutscher Edelmann dazu gekommen sein sollte, Elefantenzähne auf seinen Helm zu sezen, und man hat schon in den ältesten Zeiten der Wappenkunst nur immer von „Hörnern" gesprochen, dass man diese Hörner aber insgemein „Büffelshörner" nennt ist eine alte Praxis, die wenigstens der Möglichkeit nicht entgegenspricht.

Diese sogenannten Büffelshörner oder Hörner nun suchte man schon in den ältesten Kleinoden dadurch zu verschönern, dass man sie aussen mit Pfauenspiegeln oder Blätterstengeln besteckte. Die Leztern, in ihrer Form wie (294) allgemein üblich, nennt man gewöhnlich „Kleestängel"; ich kann aber mit dieser Bezeichnung nicht recht einverstanden sein, da das eigentliche Blatt an der Spize desselben gerade die Form der Lindenblätter zeigt, die angehängten Metallbleche oder Schellen aber in der Regel gar keine Blätterform zeigen. Ich würde also vorschlagen diese Art heraldischer Verzierung bloss einfach „Blätterstengel" zu nennen. Aus alten Schriften wissen wir, dass die angehängten Metallstückchen beweglich waren und bei jeder Erschütterung einen klingenden Ton von sich gaben. Dasselbe mag auch anfänglich bei den Pfauenspiegeln der Fall gewesen sein, die man in älteren Beispielen auch mit solchen Schellen gesetzt findet.

Die oben abgesägten Hörner, wie sie zu Ende des XIV. Jahrhunderts auftreten (296) bilden den Anfang der sogenannten offenen Hörner, die im XV. Jahrhundert häufiger werden, und sich durch einen förmlichen nach aussen erweiternden Ring kenntlich machen (297). Es scheint als ob man in jener Zeit der Meinung gewesen sei, diese Hörner hätten „Blashörner" vorzustellen, und man müsse ihnen desshalb einen „Mund" oder ein Mundstück geben. Dass man diese Oeff-

---

*) Mein Wappenbuch I. Bd. 1. Hft. Seite 12.

anng häufig benützte um sie mit Federn, Blumen, Kugeln etc. zu bestecken lehren die zahlreichen
Beispiele.

Ich weiss nicht welcher verrückte Wappenmensch dazu kam diese offenen Hörner „Füllhör-
ner" ja sogar „Fühlhörner" zu nennen, derjenige aber, der ihnen den Namen „Elefanten-Rüssel"
gab muss jedenfalls ein sinnverwandter Collega des Erfinders der „Elefantenhauer" gewesen sein.
Jedenfalls würde allen diesen Heraldikern die Erklärung derjenigen Art von Hörnern schwer fallen,
die sich an manchen Helmen schon im XIV. Jahrhundert finden, und wie (298) am untern Ende ein
Stück Haut mit natürlichen „Ochsen-Ohren" zu beiden Seiten zeigen, ich wenigstens wüsste keinen
triftigen Grund anzuführen, auf welche Weise einmal an Elefanten-Hauern oder Eberzähnen Ochsen-
Ohren könnten gewachsen sein. —

Die Hörner als Kleinode boten von jeher die Gelegenheit ausser den Schildesfarben auch
noch Schildesfiguren auf ihnen anzubringen, z. B. die gerauteten Hörner des bayerischen Wappens. Wen im Schilde Balken sich zeigten so wiederholte man diese Figur an den Hörnern als
Spangen (296).

Dass solche Figuren an den Hörnern wirkliche Spangen waren und im gegebenen Falle auch
noch vorstellen sollen, das beweisen uns alle plastischen Denkmäler, und es muss sich daher die
Bezeichnung der neueren Heraldiker, welche sie „Balken" heissen, von selbst als unrichtig
darstellen.

Ausser den Büffelshörnern kommen als Kleinode noch vor die Steinbockshörner, die Hirschstangen und das in der Heraldik als Kleinod besonders geformte Horn des Einhornes (299). Mich
sollte es wundern, wenn nicht schon ein moderner Heraldiker diess leztere für ein „Rinozeros-Horn"
ausgegeben oder angesehen hätte!

Nächst den Hörnern finden sich als älteste und häufigste Kleinode:

2) Die Flüge. Sie boten wegen ihrer grössern Fläche mehr noch als die Hörner Gelegenheit, Farben und Schildesbilder darauf anzubringen, sind also nebenbei auch unter die Hülfsfiguren
zu rechnen. Man findet schon in den ältesten Zeiten einzelne (301, 303, 306) und paarweise sogenannte offene Flüge (300, 302, 304, 305) auf den Helmen. Die letztern werden gewöhnlich
als zu beiden Seiten des Helmes, der Breite nach abstehend dargestellt, sicher nur der Schönheit
halber, denn ich glaube nicht, dass man sie in der That auch so geführt habe, sondern gleich den
einzelnen Flügen der Tiefe des Helmes parallel, da sie ausserdem dem Lanzenstoss zu viel Fläche
geboten haben würden. Was man in der modernen Heraldik einen geschlossenen Flug nennt,
ist nur der offene Flug von der Seite gesehen. Eigentliche geschlossene Flüge hat es nie gegeben,
und konnte es nie geben. Es ist auch gleichgültig und ohne wesentlichen Unterschied, wenn man
je nach der Stellung des Helmes einen offenen Flug in einen sogenannten geschlossenen verwan-
delt oder nicht.

Die ältesten Formen der Flüge beweisen uns, dass man hiezu keine wirklichen natürlichen
Flügel irgend eines Vogels gebraucht habe. Ich gebe auf der Tafel verschiedene Beispiele
aus verschiedenen Jahrhunderten, und es wird sich die allmälige Ausbildung der Flüge hieraus am
sichersten erschaulich machen.

Dass wie die Hörner, so auch die Flüge bei derjenigen Art ältesten Form der Kübelhelme
die ganz gerade waren und keine Kappe hatten, als Kleinod an der Seite angebracht waren, lehrt
die Erfahrung. Erst später fing man an die Kleinode mehr oben aus dem Helm hervorkommen
zu lassen.

Zunächst den Flügen stehen im Alter:

3) Die Hüte. Ihre Form ging von dem sogenannten Sturmhut (307, 308) allmälig in
den niedern (311) und hohen Stulphut über (309, 310), welch leztern ich im XIV. Jahrhundert am
öftesten „altfränkischen Hut" genannt finde, eine Bezeichnung mit der man bekanntlich damals nichts
anderes als „altmodisch" ausdrücken wollte. Dass man in der That noch im XV. Jahrhundert dergleichen Hüte wirklich getragen, lässt sich aus vielen Denkmälern und Gemälden entnehmen.

Die Hüte waren zu Anbringung von Schildesfiguren auch einigermassen geeignet, und wir finden nicht nur den Stulp z. B. mit Rosen, Wecken (Törring, Precht) etc. belegt, sondern sogar am Hut selbst derlei Dinge angebracht z. B. **Helfendorfer** (310), **Eisenhofer** (307), **Mässenhäuser** (308), Langenmantel u. A.

Es ist hier Gelegenheit auch von den sogenannten „heidnischen Hüten" oder „Ungarmüzen" zu sprechen, die sich die schlechteste Zeit der Heraldik aus den Stulphüten herausgebildet und unmässig oft angewendet hat. Ihre Form lässt sich mit keiner besseren vergleichen, als der einer Schlafhaube, und diese Schlafhaubenmanie war besonders im vorigen Jahrhundert so sehr im Schwung, dass nicht nur die Heroldenämter jeden Kopf damit beschenkten, sondern sogar uralte Geschlechter wie die v. Kettelhodt ihre Eisenhüte oder Kesselhauben in solche Schlafmüzen „verbesserten."

Als eigentliche Hülfsfiguren sind weiter zu betrachten:

4) Die **Schirmbretter** (312), aufrecht stehende viereckige oder sechseckige Bretter oder ganz runde Scheiben, an den Seiten oft ausgeschweift und an den Spizen mit g. Knöpfen und Straussen - oder Hahnenfedern, Pfauenspiegeln etc. besteckt. Auf der Fläche solcher Schirmbretter konnte oder kann man jede beliebige Figur, ja sogar den ganzen Schild wiedergeben, wenn man nicht, wie das auch zuweilen vorkommt, einen wirklichen Schild als Kleinod gebrauchen wollte.

5) Die **Köcher** (313). Man füllte sie in der Regel mit Federn, die oben vorstehend mit zeigten, während ringsum auf der Fläche des Köchers sich das Wappenbild zu wiederholen pflegte.

Ich komme nun zu derjenigen Art freier Kleinode, die nicht bloss in Verbindung mit den vorhergehenden, sondern auch für sich allein auf Helmen erscheinen, und nenne vor allen:

6) **Thiere und Menschen.** Von beiden finden sich in ältesten Zeiten insgemein nur einzelne Theile z. B. Köpfe (314—317), Hände (318), Füsse (319). Die wachsenden Menschen und Thiere, d. h. solche an denen man die Hände oder die Vorderfüsse sieht (325, u. 327) sind jünger als die Köpfe, zwischen beiden aber stehen im Alter die **Rümpfe**, menschliche Oberkörper ohne Arme, und thierische Oberkörper ohne Füsse, d. h. bloss mit verlängertem Halse (320—322). Ganze Thiere kommen in der Wappenkunst auch oft vor, z. B. (323 u. 324). Bei menschlichen Rümpfen findet man schon im XV. Jahrhundert zuweilen weit abstehende steife **Zöpfe**, und zwar bei männlichen Figuren, sowohl als bei weiblichen (326). Bei lezteren ist in der bessern Wappenkunst der Busen immer besonders berücksichtigt. Im Allgemeinen aber war man darauf bedacht die Aussenlinie der Rümpfe mit solchem Schwunge zu zeichnen, dass es klar erscheint, man wollte damit ein Vorwerfen der Brust und ein Zurückziehen der Schultern anzeigen,*) dieser Karakter findet sich auch in den wachsenden und ganzen menschlichen Figuren noch herauf bis ins XVII. Jahrhundert, heutzutage aber plagt man sich, Gesichter und Körperformen nach dem Pariser-Modejournal zu kopiren, und es müsste einem alten Heraldiker ausserordentlich wohl zu Muthe werden, nackte Männer wie sie z. B. im hannoverschen Wappenbuch gezeichnet sind mit zartem Gliederblau, frisirten Haaren, und Bärten à la malcontent zu sehen. Es lag und liegt in der Heraldik nichts daran, ob ein Mannesgesicht einen Bart habe oder nicht, ausgenommen natürlich da wo der Bart zum Wappen gehört, wie z. B. bei den Hrn. v. **Bart**, aber wenn man einmal einen zeichnet, so soll er nicht dressirt, sondern natürlich erscheinen.

Was ausserdem noch von künstlichen Figuren als Kleinod erscheint, lässt sich nicht aufzählen, doch gab es immer gewisse Grenzen über die man bei Entwurf eines Kleinodes nicht hinausging, und diese Grenze sollte vorzüglich unseren heutigen Herolden vorschweben.

Ich habe in dem „verbesserten" Wappen eines alten preussischen Geschlechtes ein Kleinod gesehen, das aus einem Adler besteht, der auf dem blossen Helm sizt, mit geschlossenen d. h. anliegenden Flügen, natürlichem Schweif etc., gerade so, wie wir das edle Thier in dem Käfige einer

---

*) Dass man den **Rümpfen** zuweilen anstatt der Arme andere Figuren wie Fische, Hirschstangen, Streitbeile Rosen etc. anheftete ist bekannt, und ein Beispiel hievon f., 326. Ingleichen erwähne ich auch hier der sogenannten **Kämme**, die als Verzierungen nicht selten am Rücken von Kleinod-Thieren angebracht und an den Spizen mit Knöpfen und Federn versiert wurden. f. 327.

Menagerie trübselig auf einer Stange sizen sehen; auf dem Helm eines gräflichen Geschlechtes steht horribile dictu sogar ein Löwe der einen halben Adler umarmt; — ich habe auch Terzerolen, Posthörnlein, Tschako's und Helme auf den Helmen gefunden und es soll mich nicht wundern. wenn wir in einem neuen Wappen demnächst einmal ein paar Fidibusse, ein Zahnbürstchen oder einen aufgespannten Sonnenschirm als Kleinod zu sehen bekommen.

Ueber die Art der Befestigung der Kleinode auf den Helmen durch Ringe, Bänder, Schrauben u. dgl. ist schon vielseitig geschrieben worden, ohne dass man zu einem bestimmten Resultate gelangen konnte, wahrscheinlich desshalb, weil uns aus der Zeit der wirklichen Wappen nur äusserst wenige Exemplare von Helmen mit Kleinoden übrig geblieben sind. Ich halte das Studium der Befestigungstheorie im Grunde für überflüssig, weil ich die sichere Ueberzeugung habe, dass wir, sollten wir einmal wieder dazu kommen, Helme mit Kleinoden zu tragen, dann jedenfalls auch die rechten Mittel und Wege finden würden die Kleinode eben so gut und sicher als es die Alten thaten zu befestigen.

Wie aus allen Beispielen hervorgeht, waren die ältesten Kleinode unmittelbar auf dem Helm befestigt, und die Decke, wo sie vorhanden, entweder zwischen Helm und Kleinod angebracht oder zugleich über einen Theil des lezteren gezogen.

Zu Ende des XIV. Jahrhunderts erst findet man den Anfang einer Vermittlung zwischen Helm und Kleinod durch Kronen (306, 319), Kissen (312) Pausche oder Wulste (321, 322) mit oder ohne abfliegende Binden. Immer aber sind diese Dinge so mit Helm und Kleinod verbunden, dass man ihren Zweck und ihre Bestimmung deutlich erkennen kann. Heutzutage glaubt man einen Helm ohne Krone gar nicht mehr zeichnen zu können!

Wenn wir Alles über die Kleinode Gesagte zusammenfassen, so möchte es, wenn nicht lächerlich doch überflüssig erscheinen, hier noch einmal vorzubringen, dass die Kleinode auf dem Helm befestigt waren, ja der klare Verstand müsste uns allein schon darauf führen, dass sie nicht, wie einst der heil. Geist in Gestalt einer Taube über Christus, so schwebend über den Helmen der Ritter erschienen seien — und doch haben Heraldiker und Heroldenämter uns seit zwei Jahrhunderten mit schwebenden oder fliegenden Kleinoden beschert und thun es noch so heutzutage. Da sieht man vollen Ernstes Sterne, Kronen, Adler, ja selbst, einen Jongleur übertreffend, neun Kugeln auf einmal ohne allen Faden und Zusammenhang wörtlich in der Luft fliegen!! Die Sache scheint und ist einfach die, dass unsere Heraldiker und Herolde selbst über diese simple Wahrheit noch nie nachgedacht haben, denn, facta loquuntur, man sehe ihre Produkte an, und nehme sich den Beweis!

XV. Von den Beizeichen.

Beizeichen sind gesuchte Unterscheidungsmerkmale an sonst gleichen Wappen. Es kann daher die Aenderung der Farbe, die Auslassung oder Hinzusezung einer Figur ebenso gut als die Verschiedenheit der Kleinode zum Beizeichen gerechnet werden.

Es gab in Bayern fünf Geschlechter gleichen Ursprungs: die Massenhauser, Kammerberger, Hilgertshauser, Kammer und Partenecker, sie führten alle im Schild die Parte oder das Streitbeil, aber jedes derselben in andern Farben. Der Schild der Grafschaft Brabant ist derselbe wie der der Pfalz am Rhein, als unterscheidendes Merkmal trägt jedoch im letztern Schilde der Löwe eine r. Krone. Die Wappen von Thüringen und Hessen sind im Schilde gleich, und nur in den Kleinoden verschieden. *)

---

*) Nach Beendigung des pfälzischen Erbfolgekrieges (1506) sezte Herzog Albrecht IV. von Bayern den eroberten Städten in ihre bisherigen Wappen ein Schildeshaupt mit den bayerischen Wecken, als ehrendes Beizeichen. —

Im engeren Sinne versteht man unter Beizeichen aber gewisse heraldische Figuren, durch welche sich die Wappen Erstgeborner und Nachgeborner, oder Bastarde eines Geschlechts von dem gemeinschaftlichen Stammwappen unterscheiden.

Ich bin der Ansicht, dass wir die Erfindung der eigentlichen Beizeichen, wie sie hernach aufgezählt werden, den Franzosen verdanken, weil dort die ersten und häufigsten Beispiele derselben vorkommen. Von den Franzosen erhielten sie dann die Engländer und die Niederrheiner, welch' letztere in Deutschland so ziemlich die einzigen sind, bei denen die heraldischen Beizeichen eine grössere Bedeutung und eine ausgedehntere Anwendung gefunden haben, während im übrigen, besonders dem südlichen Deutschland, die Aenderung der Farben und der Kleinode fast ausschliesslich als Beizeichen üblich waren und noch sind.

Als heraldische Beizeichen im Schild nun sind anzuführen:

1) Die Schrägbalken oder Fäden, über den ganzen Schild gezogen. Der nach der linken Seite absteigende Balken wird in der Regel für das Beizeichen Nachgeborner vom Blute, der nach der rechten Seite (328) als Beizeichen der Bastarde angenommen. Ich könnte durch zahlreiche Beispiele beweisen, dass man hierin auch nicht besonders ängstlich war, es finden sich Bastardfäden auch schräglinks und umgekehrt. Die Stellung des Schildes und die Laune des Wappenkünstlers trugen hieran nicht selten die Schuld.

Ich habe Siegel gesehen, in denen ein mit drei Ziegelsteinen belegter Schrägfaden als Beizeichen eines Amtes (Castellania di Rotodimonte 1458) erscheint (329).

In neuerer Zeit zeichnet man die Bastardbalken abgekürzt, d. h. recht klein, wahrscheinlich um sie unscheinbar zu machen. (330).

Die heraldische Farbe der Schrägfäden ist r. oder b., immer abstechend von den Schildes- oder Bilderfarben.

2) Der Turnierkragen, in Form eines Balkens mit drei bis sieben abwärtsstehenden Orten (Läzen). Er ist entweder auf dem Oberrande wachsend oder ganz freischwebend dargestellt (331) auch oben (261) und zieht gleich den Schrägfäden über Feld und Figur. In manchen, namentlich englischen, Wappen sind die Läze des Turnierkragens wieder mit verschiedenerlei Figuren, wie Lilien, Kronen, Kreuzen u. s. w. als Beizeichen zweiten Ranges belegt. Der Turnierkragen ist b. oder r., doch kommt er auch von Hermelin und gegen Hermelin vor.

Wir wissen aus den künstlichen Figuren (oben s. 261) die eigentliche Gestalt eines Turnierkragens, wie er von nachgebornen Söhnen bei Turnieren und in Schlachten um den Hals getragen zu werden pflegte. Die Form, wie er in die Schilde als Beizeichen gesetzt wurde, stammt aus dem Ende des XIII. Jahrhunderts.

Ausser diesen beiden Hauptarten findet man noch, besonders bei niederrheinischen Geschlechtern vielerlei Figuren, z. B. Glocken, Ringe, Sterne, Muscheln, Eisenhüte etc. sowohl freischwebend im linken Oberecke als in Vierungen. Sie waren meistens willkürliche Unterscheidungsmerkmale oder Beizeichen verschiedener Söhne oder Linien eines und desselben Geschlechts (332—334).

Dass Beizeichen dieser Art auch heutzutage noch in gegebenen Fällen von Edelleuten gewählt und geführt werden können, kann aus heraldischen Grundsäzen nicht bestritten werden, doch müssen solche Beizeichen in jedem Falle dem vorgehabten Zwecke entsprechend gewählt werden. —

Ich kann nicht umhin beizubringen, dass manche unserer modernen Heraldiker es für ein „heraldisches Zeichen unehelicher Geburt" ausgeben und halten, wenn ein Schild oder Helm linksgekehrt sich zeigt. Die Lächerlichkeit einer solchen Behauptung liegt auf platter Hand. Wer sich einmal damit befasst hat, alte Siegel und Grabsteine, Gemälde, Votivtafeln u. s. w. aufmerksam zu betrachten, der wird unter den Wappen ebensoviele links- als rechtsgekehrte gefunden haben. Die Laune jedes einzelnen Wappenherrn war hierin unbedingt massgebend, ausserdem aber kam noch häufiger der Schönheitssinn selbst mit in Betracht. Wurden z. B. auf Votiven Personen abgebildet, so war ihre Richtung immer nach dem bezüglichen Heiligenbilde, und das zu den Füssen oder über den Häuptern der Bittenden gemalte Wappen wurde gleichermassen nach derselben Seite gewendet. Auf Grabsteinen, die in der Nähe des Stiftungsaltars aufgestellt wurden, richtete man die Stellung des ganzen Wappens so, dass es sich dem Altare zuwendete. Waren aber zwei Wappen, Mann und Frau, zu vertreten, so kehrte man beide Schilde, Schildesfiguren, Helme und Kleinode gerade gegeneinander. Daher kommt es, dass wir auf Tartschenschilden den Ausschnitt sehr oft auf der linken Seite finden, und nicht desshalb, weil der betreffende Edelmann „gewohnt gewesen, den Rennspiess mit der Linken zu führen." Man hat sich in Bezug auf die Stellung des Schildes nie die geringste Gewissensskrupel gemacht, hat aber auch, wie schon bemerkt, Helm und Kleinod, sowie sämmtliche Schildesfiguren immer nach der Richtung des Schildes gekehrt. So lässt sich leicht erklären, warum dasselbe Geschlecht sein Wappenthier bald nach dieser, bald nach jener Seite gewendet führte, ja nicht blos Thiere, sondern auch Schrägtheilungen und Schrägbalken finden wir willkürlich verändert. Ich muss in Bezug der Schrägtheilung und Schrägbalken also wiederholt meine Ueberzeugung dahin aussprechen, dass man in der alten Wappenkunst zwischen „schräglinks" und „schrägrechts" keinen Unterschied machte, oder wenigstens auf diesen Unterschied gar nichts gab, dass jeder, je nach der Richtung des Schildes auch die Schrägen stellte — und dass es also auch heutzutage von gar keinem Belang ist, wenn ein Wappenherr im gegebenen Falle einen Schrägbalken oder eine Schrägtheilung nach der entgegengesezten Seite wendet, ebenso gut als er jedes Wappenthier unter solchen Umständen drehen kann nach Belieben. Authentische Beweise für die Richtigkeit meines Ausspruches könnte ich zu Hunderten beibringen.

In Bezug der gevierteten Schilde lehrt uns die Erfahrung, dass man bei einer Neigung des Schildes nach Links nicht dem 1. und 4., sondern dem 2. und 3. Plaze den Vorrang gab, dass man also die linke Seite als den Hauptrand ansah und die Zählung der Pläze am linken Obereck begann. Ein Beweis hiefür ist u. a. das Wappen des bayr. Herzogs Sigmund, das an der Frauenkirche zu München in Stein gehauen zu sehen ist.

Ich muss hier weiter vorbringen, dass es ein grober Verstoss gegen die ächte Heraldik ist, wenn unsere Herolde in einem gevierteten Schilde, wo 1. und 3. oder 2. und 4. das nemliche Bild enthalten, die Thiere in den korrespondirenden Pläzen gegeneinander, d. h. beide einwärts kehren, denn wenn zwei solcher Felder dasselbe Wappen enthalten sollen, so darf das eine nicht anders gekehrt sein, als das andere. —

Damit jedoch meine Leser auch eine richtige Vorstellung erhalten, wie sich in dieser Beziehung die Ansichten unserer Heroldenämter gestaltet haben und zu Tage kommen, will ich hier aus einem kürzlich an mich gelangten Briefe eine Stelle hersezen, die uns eine hinlängliche Portion moderner Herolden-Heraldik darbietet. „Ich behalte" schreibt ein vor kurzem irgendwo in Deutschland in den Freiherrnstand erhobener Cavalier, als Resultat seiner Besprechung mit dem dortigen Herolde, „ich behalte mein Wappen im Wesentlichen bei, nur werden einige Fehler verbessert, nemlich der ovale, italienische, eigentlich nur für Geistliche gehörige Schild wird in den hier durchgehends eingeführten französischen umgeändert, und das untere Einhorn, welches sonst zum Schilde hinaussprang, was der Heraldiker als ein Zeichen unehelicher Geburt betrachtet, in seinem Sprunge einwärts gerichtet."!

Facta loquuntur!

XVI. Von den Kronen.

Ich komme nun auf ein Kapitel, das so eigentlich das Steckenpferd der modernen Heraldik geworden ist. Die Kronen, vor zweihundert Jahren noch eine Seltenheit, haben sich seit dieser Zeit ins Unendliche vermehrt, und noch immer schiessen Kronen gleich den Pilzen zu Hunderten in einer ·ht auf.

Fassen wir den Sinn und die Bedeutung der Kronen überhaupt ins Auge, so waren und sind sie die äusserlichen Zeichen unbeschränkter Macht und Gewalt in dem neueren Begriffe von Souveränität; daher finden wir sie schon im Alterthum und noch jetzt als Attribute der Könige und Fürsten, daher auch im christlichen Kultus auf dem Haupte Gottes oder Maria, daher auch tragen die Oberhäupter der Republiken keine Kronen. *)

Auf die Wappen bezogen können auch heutzutage Kronen nur von Souveränen oder von den Nachkommen ehemals souveräner Fürstenhäuser geführt werden, und es muss im höchsten Grade ungereimt erscheinen, heutzutage von Kronen der Grafen, Freiherrn und Edeln, ja sogar von „bürgerlichen Kronen" hören zu müssen.

Es ist in der That nichts Anderes, als ein Ausfluss des menschlichen Hochmuthsgeistes, der es dahin brachte, dass der niedere Adel, die „nichterlauchten" Grafen, Barone und Edelleute, sich heutzutage mit so grossem Selbstbewusstsein der Perlen-Kronen bedient, während noch vor zweihundert Jahren selbst des heil. römischen Reichs Kurfürsten, die doch dem Kaiser zunächst standen, sich noch mit einfachen Purpurmützen begnügten.

Wie man von gewissen Leuten erzählt, dass sie ihre Orden auch am Schlafrocke zu tragen pflegten, so kann man auch von den meisten unserer Cavaliers behaupten, dass sie „ihre Kronen" nicht nur über der Namens-Chiffre, sondern auch auf Hemden-Enden und Pferdedecken anzubringen pflegen. — Aber nicht blos der Adel, sondern selbst Bürgerliche scheinen ein gewisses Wohlbehagen beim Anblick solcher Kronen zu verspüren, sonst wüsste man sich keinen Grund dafür anzugeben, warum z. B. auf dem Einbande eines gewissen Werkes die Grafenkrone 13, sage dreizehnmal, in Golddruck angebracht wurde. — —

Um jedoch wieder auf die souveränen Kronen zu kommen, so ist bekannt, dass die höchsten derselben, die Kaiserkronen, als „geschlossene," schon frühzeitig erschienen, während noch im XV. Jahrhunderte königliche Kronen, mit wenigen Ausnahmen, nichts Anderes als blosse mit Edelsteinen verzierte, oben mit Blättern und Perlen besetzte goldene Reife waren. Mit der allmäligen Erhöhung und dem Fortschreiten der Prunksucht erhielten auch die lezteren die oben geschlossene Form, und es entstanden nach und nach die jezt sogenannten königlichen, die Spangenkronen. Bestimmte Länder oder Reiche behaupteten und behaupten in ihren Kronen besondere Formen. Ich will beispielshalber hier nur die Krone der Königin Elisabeth von England (335), und die österreichische Kaiserkrone (336), beide nach den Originalen gezeichnet, hersezen.

In Bezug auf die Rangunterschiede der heutigen königlichen, grossherzoglichen und herzoglichen Kronen herrscht in praxi keine festgestellte Norm; sie werden nach Willkühr der Wappenherrn angegeben und angewendet. Meines Erachtens aber sollte hierin die Heraldik auch nicht ganz bei Seite gesezt werden, und es dürfte z. B. die Regel, dass von den sogenannten fünfspangigen Kronen alle nicht-königlichen, d. h. nicht „Majestätsmässigen" mit Purpur gefüttert, die Majestäts-Kronen aber frei ohne Müze sein sollten, sowie dass nicht-souveränen Fürsten dreispangige Kronen mit purpurnen Müzen gebührten (337) nicht ohne sein. Da aber, wie schon bemerkt, derlei Dinge nicht von den Heraldikern auszugehen pflegen, auch man nicht geneigt sein wird, hierin sich an eine bestimmte Regel zu binden, so wird die ausgesprochene Ansicht wohl ohne praktische Folgen bleiben.

Abwärts von dem fürstlichen Range oder dem hohen Adel sollte es vernünftiger Weise Kronen nicht geben, denn die geistlichen Fürsten pflegen sich (mit Ausnahme des Papstes) mit Müzen zu begnügen und, die „Städte-Kronen" sind eine überflüssige Erfindung der Kronenwuth — allein so hat, wie schon oben erwähnt, der niedere Adel sich auch Kronen beigelegt und diese usurpirten Adelskronen stellten nach der neuesten Façon einen goldenen Reif vor, der mit Edelsteinen besetzt und oben mit Spizen, auf denen Perlen stehen, versehen ist. Durch den

---

*) Auf einem Postschein der Republik Bern vom Jahre 1485 finde ich das Wappen dieses Kantons mit einer fünfspangigen Fürstenkrone bedeckt!

Gebrauch hat sich die Regel festgestellt, dass man die Rangklasse der Krone nach den Perlen abzählen kann, und zwar so, dass eine gräfliche Krone (338) neun, eine freiherrliche sieben (339) und eine Edelmanns-Krone fünf Perlen (340) zeigt. Für den Fall, dass sich einer dieser Kronen-Inhaber eine solche in Wirklichkeit wollte anschaffen, erwähne ich noch, dass die gräfliche Krone, wenn rund oder als vollkommener Reif dargestellt, 16, die freiherrliche 12, und die der Edelleute 8 Perlen weisen müsse.

Dass man bei Adelskronen, wenigstens in der Zeichnung, nur Pfund-Perlen, d. h. solche, deren jede im Verhältniss zur Krone mindestens ein Pfund Zollgewicht haben müsste, anwendet, ist von selbst begreiflich, da die Auslagen für derlei Luxus in der That sehr gering sind.

Von der Zeit an da die Fürsten anfingen Rangkronen in Wappen zu gebrauchen, räumten sie diesen natürlich die Stelle des Helmes ein. So der allgemeine Gebrauch in der alten guten Heraldik, und mit Recht, wenn man die klare Thatsache betrachtet, dass die Krone, ebenso wie der Helm, eine Kopfbedeckung war und vorstellte. Der ordentliche Plaz einer Krone ist also der des Helmes auf dem Oberrand des Schildes, wenn man nicht, wie das auch üblich ist, die Krone von den Schildhaltern will frei halten lassen.

In Bezug des Gebrauches der Kronen hat sich namentlich unter dem niedern Adel viel Missbrauch eingenistet, der theils in Unkenntniss der Heraldik und ihrer Begriffe, theils in falsch aufgefasster Verschönerungssucht seinen Ursprung fand, nichtsdestoweniger aber ganz und gar verwerflich genannt werden muss.

Ich nenne von Missbräuchen, die mit heraldischen Kronen heutzutage getrieben werden, hauptsächlich vier Arten und zwar:

1) Den Missbrauch, Rangkronen als Helmkronen oder zur Krönung von Thieren zu verwenden. Ueber lezteres habe ich schon oben bei den Thieren Einiges vorgebracht, und darf also nur noch einmal sagen, dass es ganz gegen alle alte und gute Heraldik ist ein Thier anders als mit einer Helmkrone zu krönen.

In Bezug des Missbrauchs der Rangkronen als Helmkronen, so lehrt uns der Begriff einer Helmkrone (siehe oben bei den Kleinoden), dass sie blos das vermittelnde Glied zwischen Helm und Kleinod waren und darstellen, und in ihrer ornamental-heraldischen Form drei oder fünf Blätter haben sollen. Es war und konnte aber damit ein Rangunterschied nie angedeutet werden, wollte man diess, so gebrauchte man dieselbe als Kleinod, wie z. B. Erzherzog Maximilian, später Kaiser Max I. als Kleinod seines Helmes manchmal den österreichischen Erzherzogshut für sich allein führte (341). Nie aber findet man in der ächten Wappenkunst eine Helmkrone für sich allein auf dem Helm, oder eine Rangkrone als Verbindungsglied. Es konnte also nur unverständige Prunksucht zu dem gerügten Missbrauch führen.

2) Findet sich die auffallende Manier auf Flaggen, Porträten oder Kutschenschlägen etc. das Kleinod des Wappens allein ohne Helm (was, wie schon erörtert, an und für sich schon widersinnig genug wäre), über diesem Kleinod aber, es mag nun ein Windspiel oder Ochsenkopf sein, die betreffende Rangkrone schwebend darzustellen. Ich wüsste für diesen Missbrauch wohl keinen besseren Grund anzuführen, als denjenigen, den mir einmal ein angesehener Cavalier hierüber als Aufklärung gab, „man könnte ja ausserdem nicht unterscheiden, ob der Windhund etc. ein gräflicher, freiherrlicher u. s. w. sei."

3) Ein weiterer Missbrauch der modernen Heraldik ist die höchst unsinnige Mode, Kleinode aus den Rangkronen hervorkommend oder über denselben darzustellen. Da, wie vorhin bemerkt, eine Helmkrone ohne Helm nicht bestehen, eine Rangkrone aber nie eine Helmkrone sein kann, so ist auch der Blödsinn dieser erwähnten Mode von selbst klar, man müsste denn der schönen Blasonirung huldigen, die ich für einen solchen Fall in einem neuen, genealogisch-heraldischen Werke gelesen, wo bei einer derartigen Zusammenstellung das Kleinod als „aus den Wolken kommend" bezeichnet wird. Gewiss könnte der Autor dieses Werkes uns auch darüber Auskunft ertheilen, wann und wo das erste Kleinod aus den Wolken gefallen sei.

4) nenne ich den Missbrauch, die Helme mit ihren Kleinoden auf oder über die Rang-kronen zu sezen. Wer über den Begriff und den Zweck des Helmes und der Krone nur halb ins Klare mit sich gekommen ist, wird nicht begreifen können, wie man auf solchen polizeiwidrigen Unfug kommen konnte. Ist wohl je ein Mensch mit zwei sichtbaren Kopfbedeckungen, z. B. einem Strohhute und über demselben einer Pickelhaube, gesehen worden, ohne mindestens für einen Narren deklarirt worden zu sein? Und machen es unsere modernen Herolde, Heraldiker und Cava-liere besser, wenn sie die eine Kopfbedeckung, den Helm, auf die andere, die Krone, sezen?

So widersinnig nun diese Mode ist, so hat sie doch ihre Vertheidiger einmal unter den Heraldikern „von der alten Schule," die gewohnt sind, mit Leib und Seele Alles einmal Be-stehende in der Heraldik zu vertheidigen, Alles was in Adels - oder Wappenbriefen geschrieben und gezeichnet steht, als Evangelium zu betrachten, und ja nie darüber nachzudenken oder gar daran zu ändern; das anderemal unter den Heroldenämtern, die in ihren dürftigen Ideen von He-raldik schon etwas Grosses geleistet zu haben vermeinen, wenn sie in irgend einem Wappen als „Verbesserung" eine Krone unter die Helme schmuggeln, und endlich unter den Cavalieren, die um keinen Preis sich von dem Anblick ihrer Kronen trennen können, ja sie am liebsten noch einmal unter dem Schild, oder dem Schild und zu jeder Seite des Schildes angebracht wissen möchten.

Jede dieser drei Partheien beruft sich auf die andere. Sie erdenken alle möglichen Gründe ihren Irrthum zu beschönigen und zu consolidiren, ja es hat mir (unglaublich aber doch wahr!) einmal ein Cavalier hierüber den gründlichen, äusserst belehrenden Aufschluss gegeben, man seze die Helme desswegen über die Rangkrone, „weil sie sich in den Perlen der Krone besser befestigen liessen, als auf dem blossen Schilde."!!

Andere vertheidigen den Missbrauch mit mehr wissenschaftlichem Anschein damit, dass sie sagen, „die Wappen bezeichneten auch zugleich die Würde des Geschlechts, das sie führt, und desshalb müssten die Kronen unter den Helmen beibehalten werden." Ich bestreite absolut, dass in der alten Heraldik die Würde oder der Rang eines Wappens unter dem Adel kenntlich gewesen sei, oder dass man hiezu in der Zeit der natürlichen praktischen Wappenkunst ein Bedürfniss gehabt hätte. Aber nicht einmal heutzutage lässt sich ein solcher Rangunterschied an den Wappen des niedern Adels durchweg auffinden, denn gerade viele unserer ältesten und im Range am höchsten stehenden Geschlechter bedienen sich noch ihrer Wappen, wie sie vor vier- und fünfhundert Jahren geführt wurden, d. h. einfach Schild mit Helm und Kleinod. Ob sie die Reinheit ihrer Wappen durch eigenen Willen sich erhalten, oder ob sie blos desshalb blieb, weil es gerade keinem hoch-weisen Herold beifiel, bei Standeserhöhung in neuerer Zeit eine Rangkrone einzuschmuggeln, will ich nicht entscheiden — genug die Thatsache. Wird aber wohl Jemand das Wappen, z. B. eines freiherrlichen Geschlechtes desswegen für geringer achten als das eines andern gleichen Ranges, das die Rangkrone beigefügt hat?

Es gibt aber eine Art, Helme und Rangkronen zugleich auf dem Schild anzubringen, davon sich Beispiele, aber erst im XVI. Jahrhundert, finden, ich meine die Art, die Krone in Mitte des Oberrandes, den Helm oder die Helme zu den Seiten derselben gleichfalls auf den Schild zu stellen. Diese Praxis ist auch heute noch zulässig — ausserdem aber: entweder Krone allein oder Helme allein!

Es sollte desshalb auch in Adelsbriefen oder Standeserhöhungs-Diplomen stets bloss das Wappen mit dem Helm beschrieben werden, und wenn von der Rangkrone denn durchaus gespro-chen werden soll, der Passus etwa so gestellt sein, „erlauben ihnen auch an Stelle des Helmes und statt dieses eine Krone mit Perlen etc. zu' führen." Hiedurch könnte auch von Seite der Herolden-ämter dem Missbrauch einigermassen gesteuert werden.

— — Ich habe in Vorhergehendem die hauptsächlichsten Missbräuche, die mit den Rang-kronen heutzutage getrieben werden, aufgezählt und erläutert. Wenn es nun auch nicht in meiner Macht liegt, dieselben abzustellen, so wird mir doch andererseits Niemand verübeln, wenn ich die gedachten Missbräuche unserer modernen Jokei-Club-Heraldik wenigstens in meinem Wappenwerke nicht um sich greifen lasse. Ich bin überzeugt, dass vernünftigerweise sich kein

Wappenherr in seinen Rechten dadurch gekränkt fühlen kann, wenn ich sein Wappen möglichst
heraldisch wiedergebe. Sollte aber dennoch irgend einer derselben, sei es aus Mangel an
dürchen Kenntnissen oder mit Willen, seine Ansichten von Wappen und Attributen geltend machen
wollen, so rathe ich ihm, sich mit den Nutschenschlagheraldikern hierüber zu verständigen. —

XVII. Von den Schildhaltern, Wappensprüchen und Ordenszeichen.

Schildhalter und Wappensprüche rechnet man zu den heraldischen Prachtstücken, die, so
das Sprüchwort im gemeinen Leben sagt, gut aussehen und doch nicht viel kosten.

Schildhalter und Wappensprüche verdanken in der alten Heraldik oder besser Sphragistik
ihren Ursprung der blossen Laune eines Wappenherrn oder Wappenkünstlers und wurden nach Belieben geführt oder weggelassen. Ich sehe auch nicht ein, wer noch heutzutage einen Edelmann
mit Fug hindern sollte und könnte sich diese beiden Stücke nach eigenem Gutdünken zu wählen
natürlich unbeschadet der Rechte Dritter*), noch warum ein Wappen mit diesen beiden Zugaben
nobler oder besser sein müsste, als eines ohne diese.

Es kann vernünftigerweise ein heraldisches Gesetz hierüber nicht bestehen, es müsste denn
ein solches allenfalls von unseren hochweisen Herolden erst proklamirt werden.

Will aber ein Edelmann sich eines oder beide Stücke wählen, so soll er darauf bedacht
sein zu Schildhaltern passende, ächt heraldische Figuren, wie Löwen, Bären, Greifen, Einhörner,
Hunde, Hirsche oder auch Menschen sich beizulegen, aber lextere nicht, wie wir sie heutzutage
häufig sehen als moderne Puppen, als Ritter in Theaterharnischen, oder als Schildwachen, oder als
Husaren mit geschwungenem Säbel; unter den Thieren aber keine Vögel, da diese sich vermöge
ihrer Figur und ihrer armseligen Beine höchst bedauernswerth die Glieder ausrenken müssen, um
einen Schild ordentlicher Weise zu halten. Heraldische Adler eignen sich unter allen Vögeln
am wenigsten zu Schildhaltern, wie schon ihre Konturen ausweisen, und da es in der Heraldik der
heraldische Adler gibt, so wird man die Dutzende von schildhaltenden Adlern in den preussischen
und russischen Wappen auch unbedingt verwerfen müssen.

Wappensprüche sollen keine langweiligen ellenlangen Moralsprüche sein, wie:

A virtute et fide in honorem et constantiam

oder keine in Wappen sinnlose Phrasen, wie:

Dulce est meminisse laborum.

Kurz und bündig haben die Alten ihre Wappensprüche gewählt, wie:

„Ich wag's" oder „Hellauf Tyrol!"

oder die Franzosen:

En un. — Ferme toy.

Die uralten berühmten Douglas führen als Wappenspruch, äusserst sinnreich und bedeu-
tungsvoll, blos die Worte:

Douglas! Douglas!

Ordenszeichen können nur von den Ordensmeistern selbst oder von Dekorirten im
Wappen gesetzt werden. Man pflegt sie gewöhnlich an Ketten oder Bändern um die Schilder zu
hängen, wobei man die unsinnige Mode befolgt, die Orden möglichst gross, statt im Verhältniss zu
Schild und Helm zu zeichnen.

---

*) Wenn z. B. auch jeder Edelmann berechtigt sein muss, sich Brocken zu Schildhaltern zu wählen, so darf er
sie doch nicht so geben wie sie z. B. die Oettinger führen, d. h. mit dem Andreaskreuz etc. auf dem über.

Bei Wappen, zu denen Helme geführt werden, sollten meines Erachtens die Ordenszeichen an Ketten oder Bändern um den Hals des Helmes gelegt werden, wodurch statt der jezt sinnlosen Halskleinode eine zeitgemässe Zierde des Helms hervorgebracht werden könnte, die weder dem Wappen noch dem Wappenherrn zur Unehre gereichen dürfte. — Es ist diess ein unmassgeblicher Vorschlag meinerseits, dessen Annahme und Ausführung natürlich von jedem betreffenden Einzelnen selbst abhängen muss.

XVIII. Schluss.

Ich habe in Vorhergehendem die Grundzüge einer wissenschaftlichen Wappenkunst so wie ich sie kenne und wie ich sie betrachtet wissen will, niedergelegt. Wohl hätte ich über jedes einzelne Kapitel zehnmal mehr, für jeden vorkommenden Fall noch weit mehrere Beispiele anführen können, wohl hätte ich von vielen hier kaum oder gar nicht berührten Dingen, wie von dem Wesen und der nationalen Karakteristik der Wappen, vom verschiedenartigen Gebrauch dieser, der Wappenfiguren und der Wappenfarben, von den Vereinigungen und Aenderungen der Wappen, von Blasonirung, von Amts-, Geistlichen- und Weiberwappen, von redenden und todten Wappen sprechen können, es hätte sich vielleicht sogar der Mühe gelohnt ein eigenes Kapitel als „heraldisches Raritätenkabinet, gesammelt aus den neuesten Wappenbüchern und Diplomen" zusammenzustellen oder wenigstens über die Fabrikation unserer neueren heraldischen Missgeburten etwas ausführlicher zu handeln — allein das Alles würde mich zu weit vom Ziele abgeleitet haben, von dem Zwecke, den ich mir vorgesezt hatte, die Grundsäze meiner Heraldik zu schreiben. Diese meine Aufgabe glaube ich jedoch gelöst zu haben, und hoffe, dass keiner meiner Leser weniger als er unter diesem Titel suchen konnte, gefunden habe.

Wohl weiss ich, dass von allen drei im Eingange genannten Klassen von Heraldikern kaum Einzelne mir beistimmen werden. An dem Urtheil der Pfuscher, der Jokeiklubheraldiker etc., kann mir ohnediess nichts gelegen sein, was aber die „von der alten Schule," unter denen ich einige mir besonders ehrenwerthe kenne, betrifft, so hoffe ich, dass wenigstens Einige von ihnen im Lauf der Zeit und bei genauerer Prüfung meiner Ansichten sich einer oder der andern anschliessen werden, wenn sie nur erst das Haupthinderniss überwunden, das sich hier entgegenstellen wird, ich meine, wenn sie einmal eingesehen haben werden, dass die Basis der praktischen, der natürlichen Heraldik wie ich sie aufgestellt habe, auch natürlicher und praktischer sei, als die der Stubenheraldiker des vorigen Jahrhunderts.

„Aduice ye well ere ye reproue" möchte ich mit dem Herolde Old-England den Andersgläubigen zurufen, und sie noch einmal aufmerksam machen, dass sie Dasjenige, was ich als Vermuthung ausgesprochen, nicht mit Demjenigen zusammenwerfen, was ich behauptet habe. Für meine Behauptungen werde ich nöthigen Falls weiter einstehen, ohne desshalb meine Vermuthungen als Streitfragen aufgeworfen wissen zu wollen. Ich habe darum auch bei keinem der angedeuteten Irrthümer oder der vorgeführten Thorheiten den Vater genannt, wenn anders derselbe noch unter den Lebenden gezählt wird, werde aber, wenn erforderlich, Namen und Daten für jeden einzelnen Fall beibringen.

Wenn vorliegende Schrift auch nur den Zweck erreichen sollte, dass unsere Wappenherrn und Heraldiker einmal darauf aufmerksam gemacht seien, welcher grosse Unterschied zwischen unserer modernen, verfehlten und verpfuschten, und zwischen der alten wahren Wappenkunst bestehe, wenn sie einsehen sollten, dass man, ohne sich lächerlich zu machen, mit Phrasen von Ehre und Würde eines Wappenherrn oder Wappens nicht zugleich auch den thatsächlichen Beweis zur Welt bringen könne, man habe von Wappen eigentlich noch gar keinen Begriff, wenn unsere Heraldiker alle einmal den Anfang machen sollten sich zu bemühen, das Wesentliche und das Unwesentliche in Wappen unterscheiden zu lernen, und sich in ihren Entwürfen und Blasonirungen darnach zu richten, statt mit grosser Aengstlichkeit und Ausführlichkeit zu malen und zu melden, dass z. B. der dürre Ast auf einer Seite drei, auf der andern drei und einen halben Knorren habe, oder dass die Fahne links statt rechts um den Stab gewickelt sei, der Mann ein braunes statt rothes Haar, einen langen statt kurzen Schnurrbart habe, wenn sie statt der geistlosen Salberei „ein nach Rechts aufspringender zum Grimmen geschickter gelber oder goldfarbener Löwe mit aufgerissenem Rachen, vorstreckender Zunge, vorgeworfenen Pranken und über sich geschlagenem doppelt gespaltenem Schweif mit sieben Wedeln oder Haarbüscheln stehend in einem rothen oder rubinfarbenem Feld" weiter nichts sagen würden als: „in R. ein g. Löwe" u. s. w., wenn schlüsslich unsere modernen Herolde zu der Ueberzeugung gekommen sein sollten, dass man in so ernsten Dingen, wie die Ertheilung von Wappen als Ehrendenkmäler historischer Bedeutung, sich einigermassen bemühen sollte in den Geist der Sache einzugehen, um wenigstens keine Karrikaturen und Missgeburten als Monumente selbsteigener Grösse zur Schau zu stellen, da man ja doch von der Herolds-Heraldik heutzutage nicht mehr zu viel verlangen darf — — wenn also diese Schrift nur so viel bezweckt haben sollte, die Bahn zum Verständniss der ächten natürlichen Heraldik gebrochen zu haben, dann will ich mich für meine Mühe und Arbeit hinlänglich entschädigt halten und hoffen, dass die Liebe zur adelichen Kunst der Wappen mir noch viele Helfer und Mitarbeiter für ein schwierigeres Werk der Zukunft schicken werde. —

I.

SCHILD-FORMEN.

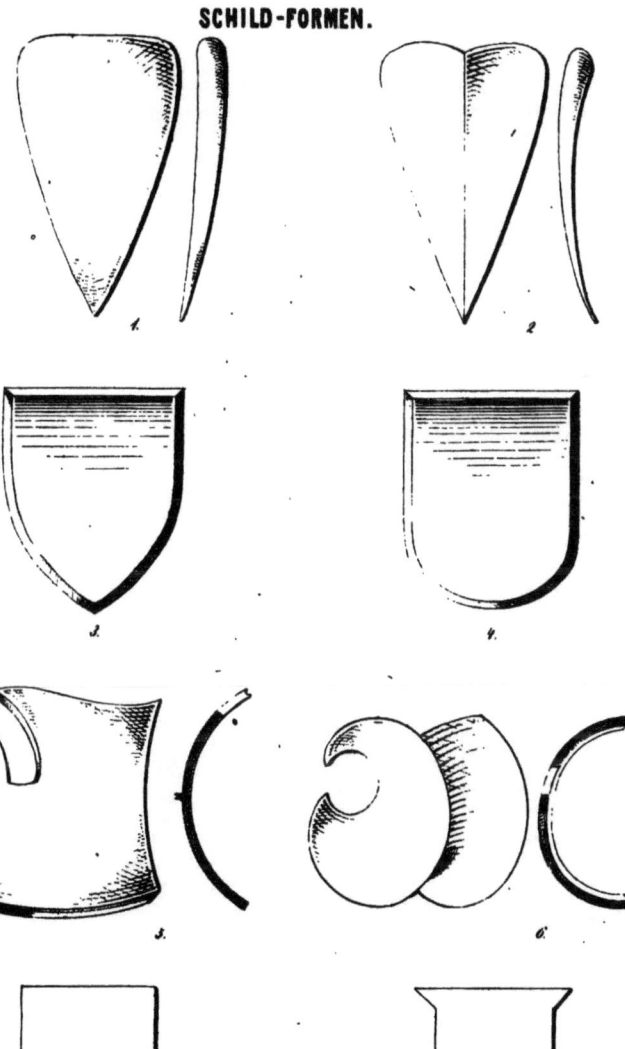

FARBEN und PELZWERKE.

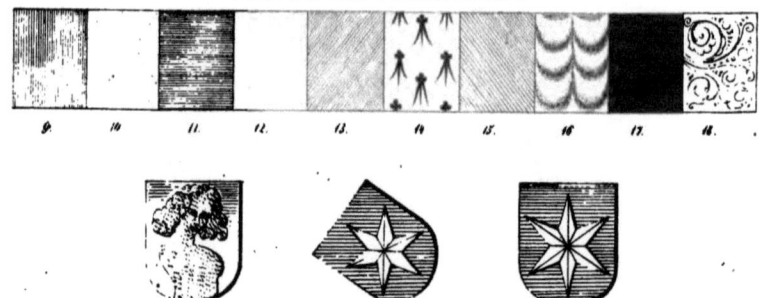

HEROLDS-STÜCKE.

III.

HEROLDS - STÜCKE.

IV.

FICUREN AUS DEM THIERREICH.

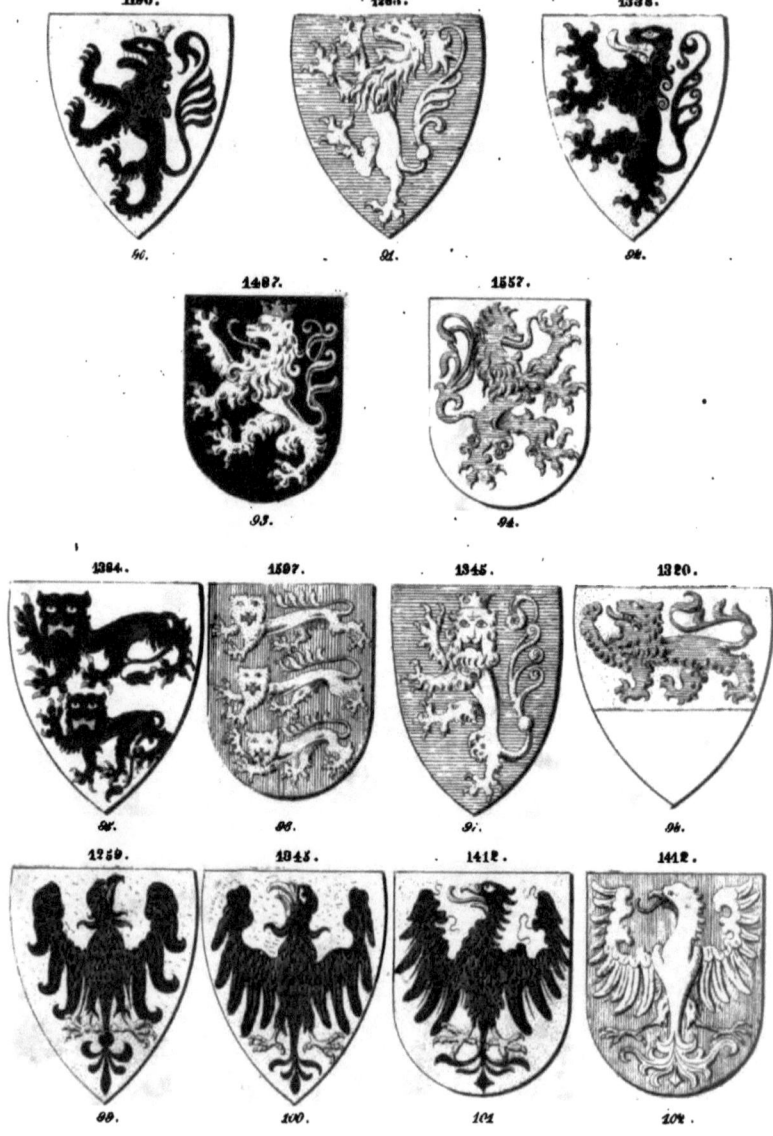

FIGUREN AUS DEM THIERREICH.

  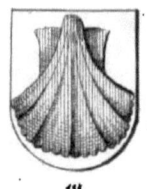  

FIGUREN AUS DEM PFLANZENREICH.

VII.
HIMMELS- und ERDKÖRPER.

158. 159. 160.

ERDICHTETE THIERE oder UNGEHEUER.

161. 162. 163. 164. 165.

166. 167. 168. 169. 170.

171. 172.

KÜNSTLICHE FIGUREN.

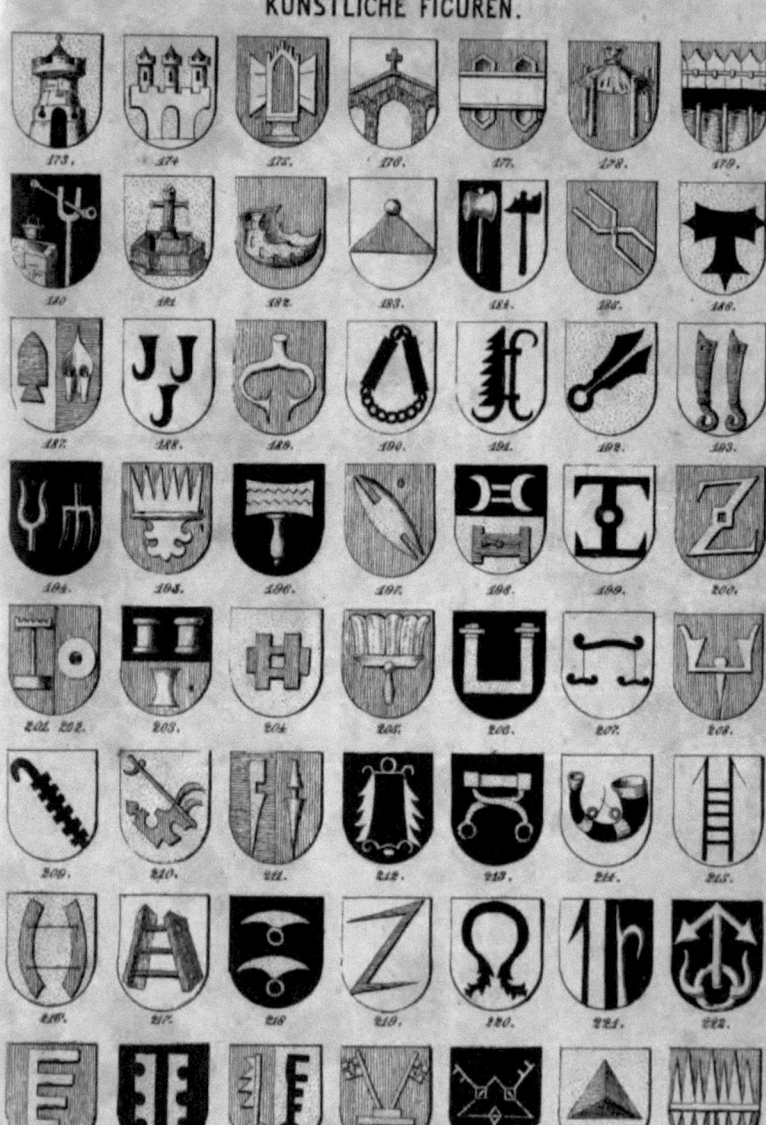

KUENSTLICHE FIGUREN.

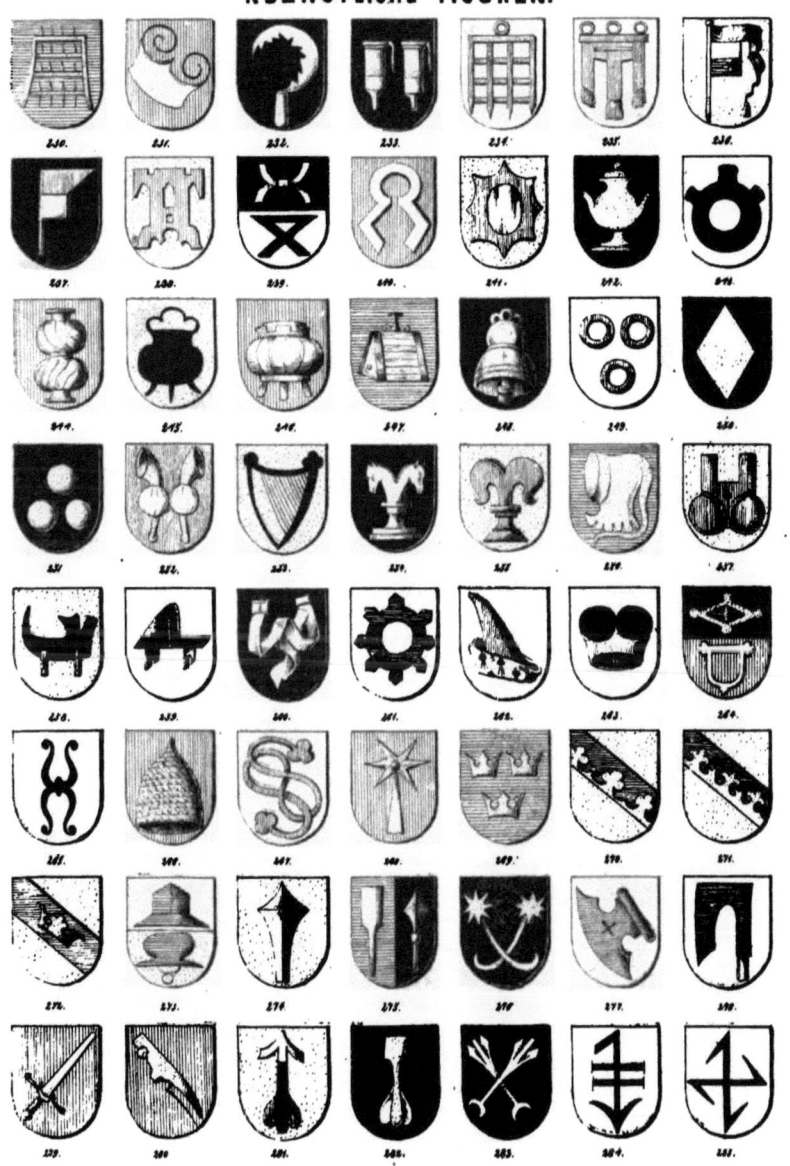

X.
HELME.

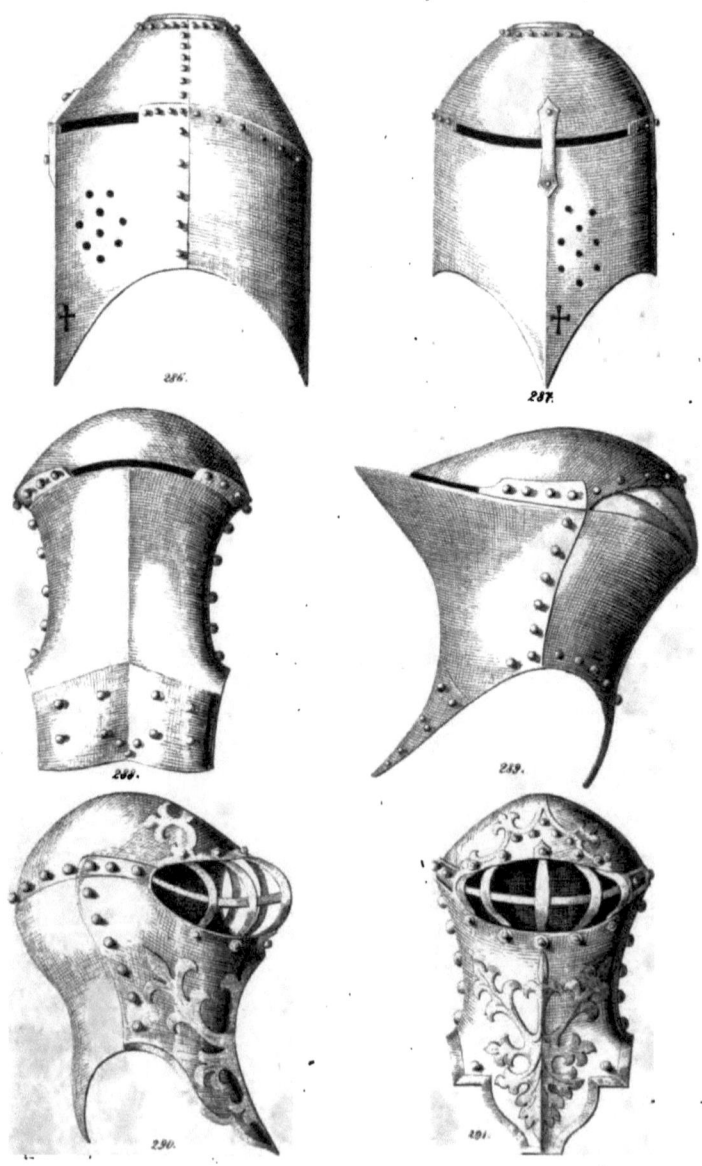

286.　287.

288.　289.

290.　291.

XI.
KLEINODE.

XIII.

KLEINODE.

XIV

BEIZEICHEN UND KRONEN.

328. 329. 330. 331. 332. 333. 334.

339.

335.

336.

337.

338.

341.

340.